きりんの家にようこそ

見事に人生を生き切った人々

平蔵《へいぞう》 見子《ちかこ》

文芸社

きりんの家にようこそ

見事に人生を生き切った人々

目次

ようこそ〝きりん〟の夢の世界へ　6
本当は人が大好き、もちろん息子も　Wさんの話　20
彼女の無念さを思うと……　Oさんの話　39
この貫禄はなんでしょう？　Sさんの話　63
終わり良ければすべて良し　Mさんの話　73

やっぱり、神様っているのかな？　Nさんの話　79
生きる希望と言いますが……　Tさんの話　89
見えるようで見えない「家の力」　Kさんの話　100
諦めなくてよかった　Sさんの話　111
あなたがいてくれるだけで　Aさんの話　122
おわりに　129

ようこそ〝きりん〟の夢の世界へ

きりんは、ずっと思っていました
みんなと一緒に、ここで、ずっと暮らしていきたいな……と
病気になったり、手足が不自由になっても、ここがいいな……
自分のことができないからって、知らないところに行くのは寂しいな……
だって、僕、ここが好きなんだもん
ここのみんなが好きなんだもん

どうしたらいいのかな……

昔、おじいちゃんが言っていた

すべては「お互いさま」って
年を取るのも　病気になるのも　手足が不自由になるのも
決して特別なことではなく　いつか自分も　と思えば
自然に手伝えるんじゃないかな?

生まれる時も　誰かの力を借りるように
死ぬ時だって　誰かの力を借りる
生まれる時　みんなに祝福されるように
最期も　みんなに「ありがとう」と言って
ちゃんとお別れを言って　逝きたいな
そしたら
「死ぬ」ことも　決して特別なことではなく
いつか自分もたどる道
こんな風に　最期の時間を過ごせるなら

死ぬのも決して怖くない気がする
「あとで行くからね。それまでの間、さようなら」

どうしたらいいのかな……

そうだ　やっぱり
必要だ!!

仕事として手伝える人
日中出かけられる場所　そして　暮らせる場所
困った時に　ちゃんと相談できる人がいて
そして　自分のことを分かってくれるお医者さんもいる

どうしたらいいのかな……
誰かが作ってくれる？
作ってくれるのを待つの？
ううん、自分達で作ったほうがいい気がする。
だって、自分達のことなんだもん。
一人の力は知れているけど、みんなが集まったら、
きっと、大丈夫。

いつからでしょう。「家が欲しいな」と思うようになったのは。

今から約二十五年前。私は結婚退職とともに家に入り、七年ほど経った頃のことです。あるテレビ番組をきっかけに復職を考え、ひょんなことから在宅ケアの勉強をするために、師匠の門を叩きました。

ちょうど国が訪問看護師を養成するために、各県で講習会を開き始めた頃のことです。師匠が代表を務める会は、在宅ケアを行うフリーの看護師・介護職を養成する会です。

正直、「在宅ケア」というものも知らなかった私は、師匠の話が面白かったという、ただそれだけで連絡を取り、会いに行きました。

最初に会った時の一言が、「あなたは、どうしたいの?」でした。今まで聞かれたことのない言葉です。自立せずにここまで来た私は、自分自身にも、「私は、どうしたいの?」なんて聞いたこともありません。ましてや、考えたこともありませんでした。すべては、言われるままの人生を送っていたのです。

それから、師匠とマンツーマンでの研修が始まりました。

訪問に同行し、見たこと、聞いたことを論文形式でまとめます。赤入れされたものにコメントを返す。分からないことは、ディスカッション。ただただ、それの繰り返し。そして、ことあるごとに聞かれる言葉は、「あなたは、どうしたいの？」。

ちょうど三回目が終わった頃だったと思います。

（今まで、私はなにをしていたんだろう。仕事ができると思っていたのに……。こんな私が仕事をしていいのかな？）

完全なる自己否定と言いますか、私はわけのわからぬ底なし沼にはまってしまいました。

レポートは、師匠と相手の方の言動・行動をすべて考察するものです。考察するには、否が応でも自分との対峙が必要で、過去の振り返りも余儀なくされるのです。

私は研修を休止し、しばらく自分と向き合うことにしました。そんな時、ふと頭に浮かんだ言葉がありました。

「家の中で、お母さんは看護婦さん」

ちょうど子育て中ということもありました。そこで読み直したのが、ナイチンゲールの『看護覚書』でした。

私は、大切なことを忘れていたことに気がつきました。家でお母さんが家族のためにやっていること――それが実は、「看護」であると。

そして、それを意識化し根拠立てて行うことが、看護師の仕事だと。

（それならできるかもしれない）

研修を再開し、それと同時に外に目を向け始めると、世の中には素敵な方が大勢いることに気づきました。

三好春樹さんの本に出会い、「宅老所」に関心を持ちました。

たまたまいいな、と思ったのが、富山にある「まごの手」でした。帰省ついでに、子ども連れで見学に行きました。お寺の離れ（?）にある小さなところです。

ちょうど昼寝の時間だったこともありますが、床にお年寄りと幼児と犬が、ごろ寝していました。それが私には、とても新鮮だったのです。これが在宅ケアにおける、私の原風景となりました。

研修を終え、フリーで行こうか悩んでいた時のことです。あるボランティアの会から訪問を頼まれました。「ご自宅で最期まで過ごしたいという、ガンの末期の方がいらっしゃる」と。

私は続けて三人のお宅を訪問しました。

それまでにも病院で、人が亡くなる場に立ち会うことは何度もありました。そのたびに、「私はなんて嫌な人間なのだろう」と思っていました。人の死という、これ以上ない非日常の時間が日常化しているというか、悲しいのに、悲しくないのです。

そんな私が、自分で自分の心の変化に戸惑いました。

（人って、こんなに穏やかに最期を迎えられるんだ。同じ人として生きてきて、この違いはなんなのだろう？　自宅って、すごい！）

こんな風に自宅で亡くなりたい方がいて、誰かの力でそれができるのなら、その手伝いがしたい。心の底からそう思いました。今も、その時のご家族と繋がっています。

その後、フリーでの在宅ケア、訪問看護ステーション、施設で仕事をしながら、ずっと考え続けていました。「私はなにをしたいのだろう？」と。

平成十六年。師匠の門を叩いてから、十二年が経っていました。

残念ながら、まだ頭の中で完全に形作られていたわけではありませんが、ガン末期の方、神経難病の方のケアができる、訪問系の事業所を作ることにしました。私に在宅ケアの基礎の心構えや技術を与えてくださったのがガンの方々であり、ALS（筋萎縮性側索硬化症）の方々だったからです。

途中、訪問介護の事業所は閉めましたが、居宅介護支援・訪問看護・療養通所介護（重症の方が通うデイサービス。二DKの家を二人が利用）の事業を続けてきました。

続けながらも、頭の片隅には常に、「家」のイメージがありました。（泊まれる場所が必要。それを、事業とどう結び付ければよいのだろう。『樹林（会社）』に、『平蔵』になにができるのだろう？）

それからちょうど十年が経った頃、宮崎にあるホームホスピス「かあさんの家」を知人から紹介され、本を読みました。

（このスタイルなら、私にもできる気がする）

そう思った私は、さっそく代表理事に会いに行ったのです。そして翌日には、「ホームホスピスを作る」と、友人に宣言していました。

既存の法人ではなく、別組織であるNPOにしたのは、「町作りが目的である」という代表理事の言葉が、あまりにも格好良かったからです。

それから知人、友人に、設立趣意書を持って話しに行きました。みんな我がことのように喜んでくれました。「平蔵は、本当に変わんないね。変わんないことが嬉しい」と。そして、「夢が叶って良かったね」と、口々に言ってくれたのです。

ここに一枚の絵（次ページ）があります。

会社を作った時にホームページに載せるため、知人が描いてくれたものです。私の長い長い夢物語を聞き、「森（木と林）」と「きりん（動物）」をテーマに描かれています。森の真ん中に、赤い屋根の大きな家があります。家にはベッドで休んだり、お風呂に入ったり、ケアを受けている動物がいます。そしてその家を拠点にして、「きりん」が自転車で訪問に行くのです。そばにはクリニックがあります。

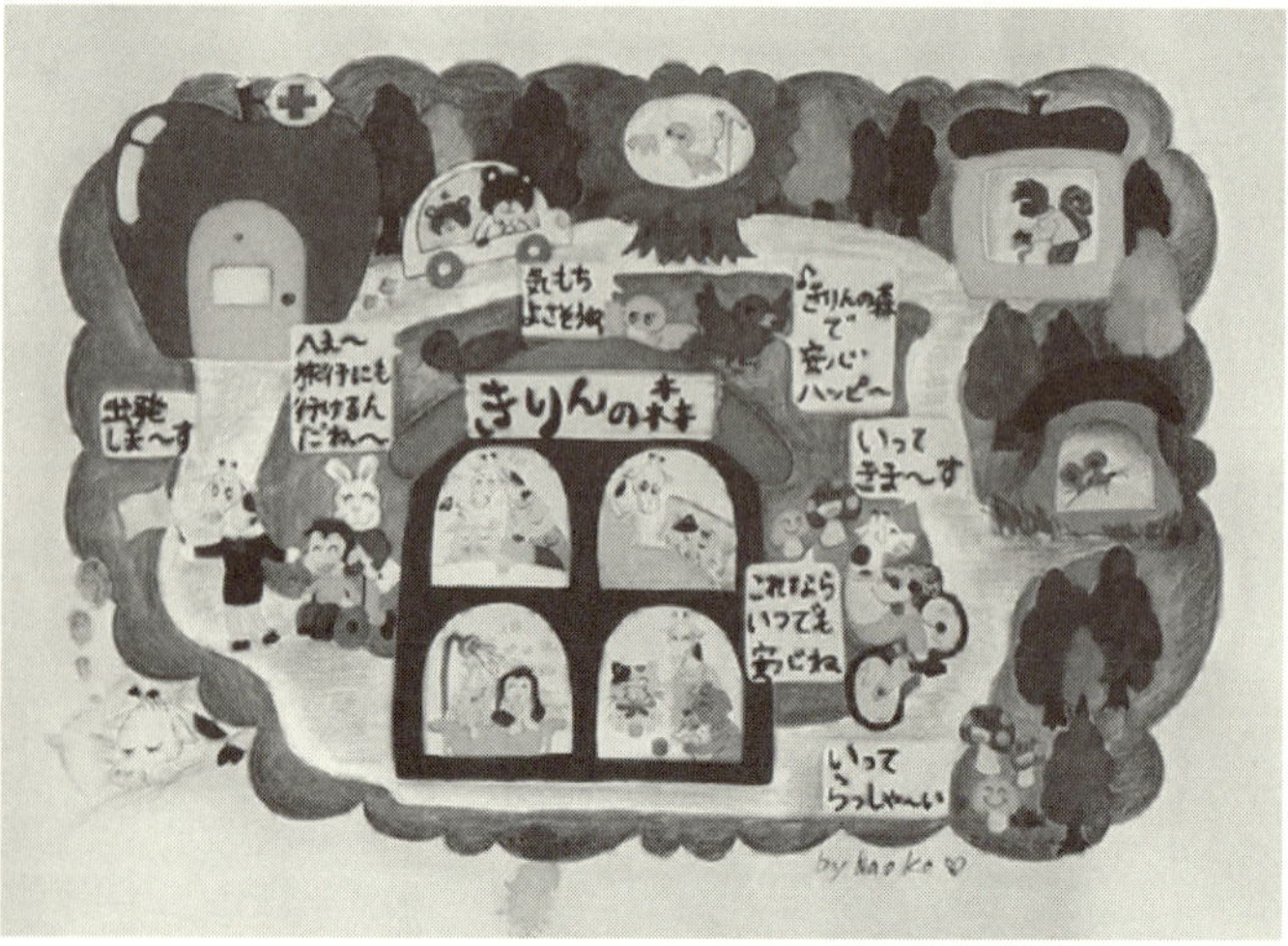

この絵は、私の一番の宝物です。NPOの名前を決める時に、ふとその絵を見ました。よく見ると、「そういう森があったらいいな」と、きりんが夢を見ている。そんな絵だったんです。これが、NPO法人の名前の由来です。

夢の集大成として、どうしても、「家」が必要だったこと。そして、自宅で亡くなりたいと言って叶わなかった方々への鎮魂として、この『きりんの家』は存在します。

ただ、「言うは易く行うは難し」。続けていくためには、多くの方々の力を借りていかなくてはいけません。

（事の発端は、とってもちっちゃなこと。それでもずっと思い続け、種をまきながら前に進んで行けば、いつか形になる。なればいいな……）

そういう気持ちを込めて作った詩が、この本の冒頭に載せた詩です。

この指と〜まれ

『きりんの家』を始めて二年。いろんな方がお使いになられています。ガンの方、それ以外の病気の方。入居後数時間で亡くなる方から、三カ月ほど暮らして亡くなられる方。年齢もさまざまです。

国は、地域包括ケアシステムをはじめとして、「在宅介護」を提唱しています。加えてここ最近、「自宅で亡くなりたい」と思っている方も増えています。

けれど、実際はどうでしょう。なかなか難しい問題があるように思います。

『きりんの家』をお使いになられる方々は、家やスタッフをうまく使いながら、見事に自分の人生を生き切って、最期を迎えられます。毎回、「人間ってなんてすごいんだろう。生きるって、すごい！」と考えさせられてしまいます。

今回どうしても、ここで暮らす方々の生活を、多くの皆様に知っていただきたくなりました。

「ここに、こんなに一生懸命に生きている人達がいるんだよ」って。

『きりんの家』での生活を知ることで、

「こういうところをうまく使えば、最期まで自分らしく暮らせるんじゃないかな」

「ガンでの最期も怖くない」。

そう思ってくださると、嬉しく思います。

なお、この本は、それぞれの方の暮らしぶりを物語として書いています。

ご本人、ご家族との会話、私の心の中の声がかなりちりばめられています。

言葉を大事にするという割には、人間性を疑われるような表現をしている所もあるかもしれません。加えて、読まれた方の気分を害するような表現の所もあるかもしれません。

前もってお詫びいたします。

それらを含めて、「私」であり、『きりんの家』であると思って読んでいただけると幸いです。

本当は人が大好き、もちろん息子も

Wさんの話

『きりんの家』入居者第一号の、Wさんの話を少ししましょうか。

Wさん、六十九歳女性。平成二十六年に乳ガンが再発し、入退院を繰り返していらっしゃいましたが、自宅で過ごすことが困難になりました。自壊創（皮膚の下にできたガンが大きくなり、皮膚を破って傷となったもの。ガン組織が爆発したようなもの）のこともあったためです。

彼女は平成二十七年の春頃から、お泊りデイ（宿泊可能なデイサービス）で過ごしていらっしゃいました。ただ、自壊創の臭いや、ご本人の性格的なこともあって、秋頃から終の棲家を探していたようです。

もともと、この方にかかわっていたシニアサポートセンターの職員と私が知り合いだったこともあり、『きりんの家』も候補地に上がりました。そして最終的に、『きりんの家』が選ばれ、十一月の下旬に越していらっしゃいました。

理事である医師は、「一人目の入居者としては、ハードルが高すぎるのでは?」と躊躇しました。でも不思議と私達スタッフには抵抗感がなく、現場の皆がGOサイン。医師の心配事は、自壊創のケアに関してでした。ご本人の痛みと外観はもちろんたいへんなんですが、なによりも問題になるのが、「臭い」でした。痛みはなんとかなります。外観も、隠せばなんとかなります。でも臭いは、ご本人はもちろん、周りに対してですから。Wさんも、結局は臭い対策がどうにもできず、前の施設を出ることになったようです。

加えて、「Wさんは性格的にも問題がある」という前情報もありました。部屋にこもる・自分の要求は強い・物に対するこだわりが強い・他人の話は聞かない・ドアをバタンバタン開け閉めする・物を投げる、等々。まあ、集団生活をするには、難しい方のようです。

転居当日の夕方、Wさんはいらっしゃいました。そしてさっそく、こうおっしゃったのです。

「カーテンは閉めてください。明かりは眩しいので、暗くしてください」

医師の診察時も、「傷のパッドは朝に交換したから、今はいいです」。続けて、「眠剤はもらえますか?」「お茶は、冷たいほうじ茶がいいです」等々。新たなところへ入居したばかりの人とは思えないくらいに、自分の思っていることは伝え、自分をアピールしながら、Wさんの『きりんの家』での生活は始まったのです。

私が二日目に夜勤で部屋に入った時。ドアを開けると同時に、臭いが押し寄せてきました。夜間でも二階の窓は全開です（私は、寒くて寒くて震えていましたが）。それでも臭いが、どうも上に集まってしまうようです。

はてさて、どうしたものかと悩んでいたら、世の中不思議なことが起こるものです。四日目の夜に行くと、臭いがほとんどなくなっていたのです。それには、医師もびっくり！　「医療用の脱臭機を買わなきゃいけないかな」とか、「『乳ガン自壊創の方の臭い対策』をテーマに、看護研究でもしようか」などと思っていたところでした。

あらあら、研究の前に解決しちゃいました。

こう書くと、「臭い、臭い」と騒いでいるけれど、そんなに大したことないのじゃないかと思われるかもしれません。でも、知っている医療関係者から言わせると、「臭いがほとんどなくなった」というのは、かなりすごいことなのだそうです。先日も、某外科医にその話をしたら、「それはすごいよ」と、勝手に『きりんの家』の評価を上げ、渡したパンフレットをご自分で何枚もコピーし、患者に渡すとのことでした。臭いに関しては、なにが良かったか分かりません。実は、なにもやっていないのですから……

ただ一つ思うのは、こんなに医療が進歩してもなお大切なのは、「基本的なこと」だということです。そう、傷に関しては、「洗うこと」。ジャンジャン水を使って洗う。軟膏も、消臭効果があるというものを出してもらいましたが、結局使ったのは、ほとんどワセリンのみ。私、ワセリン信仰者ですから（笑）。

着替えは、一日おきにすることを勝ち取りました（笑）。だって、臭いは、傷から出る浸出液が原因のはず。「傷に貼ってある当て物が痛い」→「痛いから外す」→「外すと下着が汚れる」→「手・腕が腫れているから、着替えるのが嫌」。そこをなんとかするしかありません。

入浴は無理です。一日おきの着替えですから、下着やパジャマは汚れます。けれど、臭いからは解放されました。


ちょうど三週間経った頃。スタッフ全員で、Wさんのケアについて話し合いました。まずは、〝みんなが思うWさん像〟を出し合います。みんなが思うWさん像が、日に日に変わってきていることが分かりました。Wさんがとても人間らしく、かつ愛すべき存在であると。

「この『きりんの家』が、Wさんにとって、『ここにいてもいいかな』と思える場所になるよう、みんなで頑張って行こう！」

そういうことで、話し合いは終わりました。

「昨日はWさん、『出前の中華そばが食べたい！』、『スイカを買って来て』と言った」「今日は、『王将の餃子が食べたい』と言っている」と、楽しそうに皆がしゃべっています。

毎食メニューを決めなくても、ご本人が食べたいものをおっしゃってくれます。夜は希望の眠剤と、眠れないからとお酒（日本酒とワイン）を飲み、フットケアを希望し、それでも眠れないＷさんです。つらいことがいっぱいあるけれど、それでもちゃんと向き合ってくれる先生がいて、看護師がいて、介護スタッフがいる。まずは、そこからです。

一カ月が過ぎ、お正月明けの十日。なんとなく嫌な感じがして、ご家族に連絡しました。Ｗさんの状態があまり良くなく、いつどうなってもおかしくない気がしたからです。

家族からすると、元日、三日と行って、なにも言われてないのに、どうしたんだろうと思ったことでしょう。もともと血圧は低め、脈拍も時に弱かったのですが、日中寝ている時間が増えていました。反応も弱くなり、脈拍もさらに弱くなり、気がついたら息が止まっているということもあるような気がしたのです。

翌日、先生から家族に説明があり、ケアスタッフにも今の状況と、今後のかかわり方を説明しました。「今日が最後と思ってかかわりましょう」と。

低空飛行の状態が続きます。傾眠状態で、時々覚醒して、「お茶をください」と言われます。でも飲むとむせ、その咳き込みで痰が出、外に出せなくて飲み込み、またむせる、といった感じで、常にゴロゴロいっています。まるで、うがいをずっとしている感じです。あまりに苦しくて時々は吸引しますが、結局はまた繰り返すので、夜はなかなか眠れません。眠れないから、日中余計に眠くなります。

そんな状態が一週間、二週間と続いたある日。まるで眠りから覚めた姫のように、すっきり朝から食事を召し上がる日がありました。もちろん、日中は意識が淀んでいらっしゃいましたが、それでも、食事（朝食）を召し上がるのが久しぶりなので、皆で喜んでいました。

一回きりなら、「エンゼルタイム（亡くなる前に元気になること）？」とも思ったりするのですが、その後も時々、完全覚醒されました。そんな日が続くと、さすがの私達も、「これはなんかおかしい」。

「もしかして、眠剤とお酒の蓄積のせいでうとうとしていたの？　うそぉ!!」

一カ月ちょっと、眠剤三錠と砂糖入りワインと、砂糖入り日本酒をほぼ毎日のように体の中に入れていたのです。ただ、みんなの名誉のために一言。これだけ読むと、なんて恐ろしい『きりんの家』！　なんてひどい医者！　〇〇中毒のWさん！　です。もともと不眠症だったのかどうかは知りません。この病気になって、夜眠れなくなったのかもしれません。

Wさんがここ、『きりんの家』に引っ越すことにした最大のポイントは、「眠剤を出してもらうのに、病院に行かなくても、先生が来てくれますよ」ということだったようです。一錠飲んでもダメで二錠になり、「お酒を飲んだら眠れるかな?」と思って、たまたま、お祓いの時のお神酒があったので、砂糖を入れて飲んでみた。ワインを買って来てもらった。「両方なら大丈夫かな?」。でもやっぱりダメ、眠れない。

「先生、お願いです。もう一錠」

その結果です。それくらい眠れないということがつらかったのだと思います。

そりゃ、そうですよね。気を紛らわすこともできず、あの暗い部屋（入居早々暗くするように言われてから部屋は暗いままです）にいたら、気が変になってしまいます。

私達だって、決してこれがいいこととは思っていません。「すべてご本人の言うままにするの？　あなた達、医療関係者でしょ？」という声もあるかもしれません。

でもまずは私達が、Wさんの、「眠れない」ということに寄り添わないと、関係は作れません。お泊りデイにいらっしゃった時は、時々まるでなにかの交換条件みたいに、「夜に眠剤をあげるから、着替えましょう」というようにして薬をもらっていたようです。

そういう状況が続いたら、眠剤に対する思い入れも強くなるとは思います。それでも、さすがにこれ以上の薬の増量は、「断固拒否!!」しました。

人間不信のWさん。他人に体を触《さわ》られるのも嫌いなようです。

ある夜中のこと。一錠飲んでも眠れず、「すみません、眠れないんです」とおっしゃいます。その頃はまだ一錠の指示だったので、勝手に増やすわけにはいきませんでした。

「よかったら、足でもマッサージしましょうか?」と伝えると、「それで寝れるんですか?」との返事。「さあ、それは分かりません。でも結構、それで眠ってしまう人もいますよ」と言うと、「じゃあ、お願いします」。

正直、驚きました。

（Wさん、あなた、私の提案を受け入れてくれるのですか?）

あれは、『きりんの家』にいらっしゃった二日目の夜だったと思います。「ここではなにをやってくれるんですか?」との質問に、「足のマッサージとか……」と言ったら、即答で却下されたような気がするからです。ただ私、フットケア（これは、『きりん』の造語です。世間で言われているフットケアとは違います。簡単に言うと、足を揉むこと）を十六年やっているものですから、かなり年季が入っています。

それで眠くなったかどうかは分かりませんが、Wさんはほかのスタッフにも、「足をさすってください」と言うようになりました。人の手の温もりを、「心地いい」と思うようにはなられたようです。

お酒と薬が少しずつ抜け、覚醒している時間が少し増えました。目覚めていらっしゃる時は、少しお話もされますし、食事も少し召し上がります。

ただ呼吸状態、脈拍、血圧は変わりません。喉のゴロゴロ状態も続いています。吸引しても一時的ですし、飲み込んでもまたむせる。夜になると余計ひどくなるため、ご本人は痰を切れやすくするために、龍角散を希望されました。そんな状態でも、夜の眠剤は希望されます。量はさすがに一、二錠に減りましたが。

意識レベルが若干上がるのに反比例し、自壊創の侵襲はますますひどくなり、右の腕はパンパンに腫れ上がってきました。そのため寝返りもままならず、腰の痛み・体のだるさ・お尻の床ずれなど、いろいろな症状が出てきました。横になっているのもつらかったと思います。でも、不思議に穏やかでした。「腰が痛いんです」、「足が痛いんです」と言われても、私達のゴッドハンドパワーで痛みが和らいだようです。

人間とは不思議なもので、こういう状態が続くと今度は逆に、「この人は、なにがあっても大丈夫なのじゃないか？　死なないんじゃないか？」と思うようになってきました。

呼吸状態は、お正月明けよりもむしろ悪く見えます。でも、なんて言うのでしょう、この人の力を信じられるというか、うまい表現はできませんが……。自分でも笑ってしまいますが、なんの疑いもなくそう思っていました。

お正月明けの早とちりな電話がご家族を驚かせてしまいましたが、一つだけ良いことがありました。Wさんとご家族の関係は、あまり良いものではありませんでした。ご本人の言葉で言うと、「それぞれの事情があるんです」。

師走に入り、家族関係の修復の一つとして、「家族が正月を『きりんの家』で過ごす」という提案がなされました。その提案は私の強硬な反対に遭い却下されましたが、代わりに、息子さん夫婦と関係修復のためのまずは前哨戦として、息子さんにとっての「おふくろの味」特製カレーを、持ってきてもらうことにしました。家の中ににおいを充満させ、一口食べたら、

「あらっ、この味は?」と思うに違いありません。

そして本戦です。

元日に、お年賀の挨拶に来てもらうことにしました。もちろん、Wさんには内緒で

す。

ご本人に息子さん達が来たことを告げたら、「会いたくありません」の一言。そこで息子さん夫婦と何時間も作戦会議を開きました。と言っても、内容はそんな高尚なものではなく、お嫁さんとの母親論を出しながらの、「子どもに会いたくない母はいない」、「息子達のために生きるという風になればいい」などなど、医師には決して聞かせられないものでしたが。

ただ、ここで一番大切なのが、次に繋げることです。息子さんに会いたくないと言ったWさんに、「せっかく来てくれたんです。今日がダメなら、いつならいいのですか？」と言葉を返しました。

この〝煩《うるさ》い平蔵〟を退散させる方法を知っているWさんは、「明後日」と一言。それを息子さんに伝えると、「いつもそう言って、結局逃げるんです」と言われます。そこで、「今回は大丈夫です。任せてください」と伝えました。

その時点ではなんの作戦もなかったのですが、大丈夫に思えましたので。そして帰る時には、部屋の外から、「ああ、今日は残念だったな」と、あえて大きな声で息子さんに言ってもらいました。

案の定、Wさんは翌日、「やっぱり気が変わりました。明日は会いたくないので断ってください」とおっしゃいます。

「だったら、ご自分で断ってください。なんで私が連絡しなきゃいけないんですか？電話ならお貸しします」

その冷たい一言で、Wさんは撃沈。「なら、いいです」。

でも不思議なことにその後、話を再燃させることもなく、「昨日はいったいなにをしゃべっていたんですか？」と、話の内容にも関心を示されます。私はあることないこと、時に若干の脚色もしながら内容を伝えました。

さて、三日当日。息子さんご家族は夕方いらっしゃいました。お部屋での滞在時間は数分だったと思います。それでも息子さんは満足されていましたし、Wさんも息子さんの言葉に少し反応されたようです。そして息子さんには、帰りにまた部屋の外から、「今日は会ってくれてありがとう」と言ってもらいました。

そんなこんなの、翌週の私の誤報です。結局これ以降、息子さんは、毎週日曜に子ども達を連れて会いに来ることを習慣とし、仕事帰りにも寄られるようになりました。

悪いながらも安定していらっしゃった、二月一日のことです。

前日は、『きりんの家』始まって以来の忙しい日曜でした。土曜から九十代のおばあさんがショートステイを利用され、加えて、日曜の朝から急に状態が悪くなった方が、昼過ぎにいらっしゃいました。その方は夜間、呼吸状態が徐々に苦しんで呻《うめ》くように変わり、朝方六時に息を引き取られました。私は、経験はそこそこ重ねていますので、それでバタバタすることはありませんでした。

ただ、いつもの夜とは、空気・音が明らかに違っていました。九十代のおばあさんは予想に反し、ずっと静かに休まれていました。亡くなられた方は、二十二時頃から少しずつ呻《うめ》き声が出るようになってきたので、Wさんに聞こえないはずがありませんでした。その声がどのように聞こえていたのかは分かりませんが、心穏やかなはずがありません。

でも、それを問うてくることもなく、夜間帯に、「薬をください」と、二度呼ばれただけでした。

そして、私が見に行った気配に気づき、「お茶をください」。その後も何度も見に行っていますが、珍しくずっと寝息を立てていらっしゃいました。

Wさんは、すべてを分かっていらっしゃったように思います。今、ここがどういう状況で、平蔵がどういう状況なのかということを。

そして、ふと思いました。いつも、「すみません」とか細い声で私達を呼ばれるWさん。「それって、その声で人が来てくれることがわかっているからなのだな」って。そして、「それって、もしかしたらすごいことじゃないのかな?」と。

朝、日勤スタッフの、「おはようございます」の声と同時に、Wさんは、「すみません」とお茶を希望されました。そのことを思うだけで、今も涙が出てきそうになります。人って、なんでこんなにやさしいのでしょう。自分だって、どんなにしんどかったことか。

そして、二月一日の昼も普通に過ごされました。朝、前日に初めて処方された頓服の痛み止めを飲まれました。ガンと診断されたからには、一度くらいは麻薬の痛み止めを経験として飲まなきゃと。でも実はご本人、それを出してもらうのもなかなか決断できずにいました。「あれば飲むことはできるけど、ないと飲めない」という説得（？）で、処方してもらいました。

通常の静かな夜になり、Wさんはいつものようにお茶を飲まれ、二十二時頃でしょうか。スタッフから、「吸引もしてるんだけど、呼吸がちょっと……」という連絡があり、ほかのスタッフに行ってもらったのですが、その時すでに呼吸は止まっていたようです。

狐につままれるって、こういうことを言うのですね。しばし放心状態でした。でも残念ながら三日連続で人が亡くなり、あまりの疲れでこの体がまったく動かなくて、Wさんの旅支度の手伝いもできなかった、この私です。

「そう言えば、月曜の朝もちゃんと挨拶したっけな？」と思うと、それも自信がありません。一期一会じゃないですが、これが最後と思っても、なかなか思ったようにできるものではありません。

「おばあさんの朝ご飯！」、「申し送り！」とバタバタしていたので、きっと、「Wさん、じゃあ、また！」くらいで終わったかもしれません。

「おいおい、今日、なんだか変な胸騒ぎがするんだよ」と信号を送ってくれたら、もう少しまともな挨拶をしたのに……と思っても、あとの祭り。


　でもこのWさん、息子さんには信号を送っていたようです。いつも日曜に顔を出される息子さんが、昨日来られなかったからと、月曜の夕方にいらっしゃったそうです。

　やっぱり、会いたかったのですね。最後の最後に素直な表現をされたのかと思ったら、それもWさんらしさなのかなって、思ったりしました。

　本当に楽しい二カ月ちょっとでした。いろんなことがありました。

「Wさんが、『ここ、つまんない』って言った

息子さんの
「おふくろの味」特製カレー
しっかりと味は受け継がれています

んです」と聞いた時の、あの驚き。そして嬉しさ。あそこから、Wさんとのかかわりが変わったような気がします。

そして、その感情を共有できるスタッフがいたこと。

そこからです、『きりんの家』のケアが始まったのは。

彼女の無念さを思うと……

Oさんの話

二人に一人がガンになる時代です。それでも、ガンという診断をされると皆、少なからずショックを受けます。八十であればいい、九十であればいいとは言いませんが、やはり若いと、支えるほうも正直つらくなります。

Oさんは、四十代前半で子宮ガンを患っていました。彼女と初めて会ったのは、平成二十七年の十一月半ばです。退院に向けた話し合いをクリニックで行い、翌日、入院中の病室を訪れました。

第一印象は、明るく元気なはっきりした女性。ちょうど輸血をした直後ということで、余計に明るく感じたのかもしれません。話し合いでは、「年を越せるか分からない」と聞いたように思いますが、「聞き間違えかな?」と感じるほどに、元気な女性でした。

今までのこと、痛みのことなどを話されますが、なんとなく私と同じタイプの匂いを感じます。途中、ご主人も面会に来られました。話し合い時の印象とは別人のように、ご主人には病気の悲壮感はありません。

退院後、週一回の訪問が始まりました。私が感じた匂いを、彼女も感じたみたいです。どんな匂いかというと、「西洋医学をあまり好まず、ホリスティック医療・自然療法を好む」というか、まあ、誤解を恐れずに言えば〝変な奴〟ということです。そのため、彼女のこだわりもとてもよく分かりました。

医療関係者は、「彼女の命はそんなに長くない」と思っていますが、ご本人もご家族も、微塵にもそんなことは思っていません。ご主人も医師から説明されているはずなのに、まるで聞いていないような感じです。今思えば、彼女の横にいると忘れちゃうのかもしれません。

「訪問看護の必要性は感じないけれど、まあ、平蔵さんが来るのはいいかな。自分のこだわりも分かってくれるし、フットケアも気持ちよかったから」

そんな素振りでした。

体力がなかったこともあり、しばらくはお母様が泊まり込んでいらっしゃいました。貧血が進んでいることもあり、体調的には今一つです。ただ、輸血をすると回復するので、ご本人からすると、「定期的に輸血すれば大丈夫かな?」というように、簡単に思っていたみたいです。

その頼みの綱の輸血が、難しくなってきました。やってくれるところがなくなったのです。外来で喧嘩でもしたのか、入院していた病院の医師とは関係が悪く、「絶対に行きたくない」とおっしゃいます。輸血だけをしてくれるところは、当たり前ですが簡単には見つかりません。最終的には怪しい病院(?)に行かれた気がします。

そうこうしているうちに、念願の新居への引っ越しの日がやってきました。ご本人が病気になった時に、一つの生きる希望として、新居を建てることにしたらしいのです。それまで住んでいたマンションも駅付近で立地条件も良く、高層階のリビングから見える景色、特に夜景は素晴らしく、思わず声を上げるくらいとのこと。ご本人も

彼女の無念さを思うと……

日の入りの景色を自慢していました。

周囲のハラハラ、ドキドキをよそに、引っ越しはあまりにもあっけなく終わりました。そして、新居での生活が始まります。

人間、なにが幸いするか分かりません。新居は、ご夫婦がこだわって作った家です。場所選びから建築士・工務店選びまで。檜のほか自然の木を使った、温もりのあるあったかい家です。

二月に初めて新居に伺った日のことは、今も覚えています。スタッフと外観を見ては、「キャッ」、表札・玄関ドアを見ては、「キャッ」の大騒ぎ。そしてドアを開けると、檜の香りがフワッと入る人を包んでくれます。家の中に入っても、私達の、「キャッ」は続きました。こんなに他人の家で大騒ぎしたのも珍しいくらいに、仕事そっちのけでお宅拝見をしていました。

この家の木の力で、彼女は誰もが驚くくらいに元気になりました。駅付近のマンションでの生活が、「第一ステージ」だとすると、新居での生活は、「第二ステージ」です。

第一ステージでの彼女は、低空飛行の、いつ不時着してもおかしくない状態でした。初めての経験と言えばそれまでですが、Oさんは先を見越すこともなくただジタバタし、その割には開き直りも感じます。まあ、ジタバタこそが人間らしいし、すべてを受け入れてデ〜ンと構えているなんて、それこそ変。「出血した」、「止まった」と言って一喜一憂するのも、同じ女性としてすごく分かります。（でも、でもね……あなたが思っている以上に、事態は深刻だよ）。

なによりも気になるのが、Oさんが自分で考えて決めるのではなく、「誰それが言った」ということで、○×をつけてしまうことでした。薬は×、抗ガン剤も×、放射線×、白米×等々。なにごとも、囚われてしまっては良くないように思います。すべては、「使い方」なんです。

西洋医学・東洋医学・自然療法の良いところは良いところで利用する。それくらいのいい加減さが必要で、それこそが、「中庸」のような気もします。ガン細胞に心も乗っ取られ、輸血だけが心のよりどころ。最後のほうでは、放射線治療にも心は傾いたのですが、Oさんの病状では残念ながら、「適応外」ということでした。

第二ステージでは、穏やかな本来の自分を取り戻したような時間を過ごされました。新居に引っ越すとともに、まるで別人のように元気になられました。木の力はさることながら、ご本人がエネルギーをもらえるような環境が作られていました。リビングのベランダ側にベッドが置かれ、陽の光も、外の空気も十分に入ります。外から帰ってきて二階の入り口のドアを開けると、真っ先に見えるのが、彼女の顔でした。

エネルギーに満ちあふれた彼女の口からは、遠い将来のことが聞かれるようになりました。息子達の結婚のこと、誰と同居する等々。失礼な言い方をすると、「この人って、もしかして能天気?」。「将来のことを考えるな」と言うわけではありません。ただ、彼女の言葉からは、「もしかしてこの人、自分がガンであることも忘れちゃった?」みたいに思えたのです。

Oさんは、「引き寄せの法則」や、スピリチュアル関係の本を積極的に読み、季節も良かったので、近くの公園や図書館へ散歩にも行かれるようになりました。「正のスパイラル」ではないですが、一つが良い方向に動き出すと、すべてがその方向に動き出すものです。奇跡が起こる・奇跡を起こす・信じる・克服する。

彼女が一番やりたかった子ども達の食事作りも、少しできるようになりました。でもその頃、彼女がなによりやりたかったのは、輸血する、しないでかなり揉めた、M病院の主治医を見返すことでした。「私、こんなに元気で生きていますよ」と。

夏休みに入ると同時に、家族旅行にも行かれました。県内の近場でしたが、とっても楽しい日々を過ごせたようです。ただ、その後に疲れが出てきたのか、発熱・体のしんどさ・階段の昇り降りのきつさが出てきました。加えて、不正出血も。

医師との間で輸血の話が出たようで、初めて彼女から輸血に関する相談のメールがありました。以前あんなに輸血を受けていて、自分も本当は、「また受けたい」と思っているのに、躊躇するなにかがあったのでしょう。

「今のこの状態を維持するだけでいいのなら、輸血を受けなくてもいいように思います。でも、『子ども達との時間を豊かにしたい』、『一緒に○○をしたい』と言うのなら、輸血を受けても良いのでは？ 生きるために輸血をするのは、決して悪いことではないように思います」と返信しました。

Oさんはご主人と話し合い、輸血を決定。「でも、病院がないのでは？」と心配をする私をよそに、なんの問題もなく病院は決まり、輸血が実施されました。公務員のご主人が、この四月から公立病院の事務に異動になっていたのです。私の心の中は、「ずるい」の一言でした。「生きるためになんでも使え」とは言いましたが、公務員も特権はあるのですね。

輸血中に、彼女に聞いたことがあります。

「輸血をして、なにか変わりました?」

「階段を一人で昇れる、足の裏のピリピリが減った、眠れる、お通じが出やすくなった」

「輸血は他人の血ですが、日によってなにか違いますか?」

「その日によって体がカッカしたり、ドキドキしたり、やっぱり違うかも」

血液によって性格が変わるとは思いませんが、やっぱりなにか違うのかもしれません。だって、他人の血なんですもの。そして便が出るにも、やっぱり酸素が重要だったのです。

彼女の無念さを思うと……

そしてとうとう、「第三ステージ」がやってきました。今回の輸血でエネルギーは回復しましたが、見えない速度で彼女のガンは進行していました。十月一日、クリニックで病状説明がされました。かなり厳しい内容だったようで、さすがの彼女も、その日はとても不安で仕方がなかったようです。

三日後の訪問の際に、初めて彼女の口から、「死」という言葉が出てきました。そして、「平蔵さん、最期までお願いできますか？」と。私は、「分かりました」と答えると同時に、少し話をしました。

「Oさんは、医者が不思議に思うくらいに、今までお元気でした。医者はデータを一つの基準にしてしか話をしません。データは一つの指針として大事だけど、それに振り回されるのは止めましょう。ただ、時間が少なくなっているかもしれません。先のことを考えましょう。特に、子ども達との時間を」

苦痛を伴う身体症状が少しずつ増えてきました。十月の中旬にO先生から、「訪問看護の回数を増やしたら？」という話があったそうで、その時もなにやら言い合いになったようです。詳しいことを言わないのですが、「平蔵さんが増やしたほうがいいと言うのなら、増やします」とのこと。

「Oさんは、今のところ週一回こうやって話をしたり、手当てをしたりするだけでいいと思っていますよね？　それでいいんじゃないですか？」

Oさんのところへは、手当てをしに来てくれる人が複数います。生姜湿布や蕎麦パスタ、レメディの相談。それなら私は、週一回の訪問で十分です。

そんな折訪問すると、彼女から、「頭を洗って欲しい」と頼まれました。前の週くらいからお風呂に入るのが難しくなってきたようです。「明日受診なので、体は拭けるけど、頭が……。洗面所まで歩いて、なんとか腰かけていられると思うので」と。

その頃、お腹も腹水でかなり大きくなっていました。そんな人が、腰かけて前に屈むのは無理です。私は、「ベッドの上で洗いましょう」と言いながら、息子さん達と使えるものを探しました。

生協の保冷ボックスがバケツの代わりになりそうです。まあ、これでいいでしょう。

実を言うと、その一週間ほど前から、頑丈なこの私の腰が板のように固くなり、ちょっときつかったのです。その日、コルセットを付けるのを忘れ、「まあ、Oさんちだからいいか」と思ったら、まさかの洗髪。分かっていれば大きなビニール袋を持って行き、水を漏らさずに立って洗えるようにベッドの高さ調節ができたのですが、ベッドを一番低くしての洗髪です。膝を着いてするわけにもいかず……あれは、ちょっときつかった。

そろそろ、訪問回数を増やす必要がありそうでした。手当ての日とセルフケアのお手伝いの日。翌週の月曜日に、その話をしました。「一階のお風呂に入ってもいいし、その日の朝の調子で、ベッドの上で入ることもできますよ」と。

その週の金曜日。もともと午後に訪問する予定だったのですが、朝の八時頃に彼女からの一通のメール。

「トイレに間に合わなくって、漏れてしまったんです。助けてください」

可能な限り急いで向かったのですが、着いたのは十時ちょっと前。その日はいつになく道が混んでいたのです。

彼女はベッドに横になっていました。それでもご自分でできる限りの処理をして、横になったようです。昨日下剤を飲んで、緩くなってしまったのです。もしかしたら、子ども達が登校するまで待っていたのかもしれません。

漏らしてしまい、彼女はパニックになってしまいました。それでも、人が来てくれるということで、なんとか保てていたのかもしれません。

「平蔵さん……」

Oさんはそう言って、ただ泣くだけです。

「Oさん。休息をとるために、『きりんの家』に来ますか？」

今考えたら、どういう意味で、「休息」と言ったのか定かではありませんが、意味が通じたのは確かです。

実を言うと、今までOさんに、『きりんの家』の説明をちゃんとしたことがありませんでした。与野にあることだけは話してありました。たまたまパンフレットが一部、鞄の中にあったので、それを手渡しました。

さっと見て、「何時からでも大丈夫ですか？　夫と相談して決めます。もし今日の夜と言っても、大丈夫ですか？」と。それくらいに彼女は切羽詰まっていました。それでも、少し先のことが決まっただけで楽になったのか、表情が和らぎました。

この日、お母様が来ることになっていました。「どうしても顔が見たいから来て」と、Oさんが頼み込んだようです。お母様も体調が悪く、ご自宅に戻られてから半年ぶりの再会です。

「お母さん、ビックリされるね」と二人で話していたのですが、びっくりしたのは私達のほうでした。久しぶりにお会いしたお母さんは痩せて顔色も悪く、「ちょっと横にさせて」と、立っているのもままならぬ状態です。それでも一時間近く話をして帰られました。

私は山のような洗濯物を片付けた後、ご主人に連絡をし、ご主人が帰って来るまでの段取りを付け、一旦帰宅。そして夕方、ご希望のプリンの差し入れを持って、再度顔を見に行きました。

三人の息子さんのうちの次男君が帰って来ていたこともあって、Oさんの表情はかなり落ち着いていました。Oさんの家は、大宮の先にあります。その日、なぜか道が大渋滞していて、南浦和からは片道一時間かかりました。訪問看護ステーションの本拠地は、南浦和にあります。二往復で四時間。これは遠い。

二十時過ぎにご主人から、「今から行っていいですか？」と電話があり、そのまま、『きりんの家』にいらっしゃいました。私は二十二時頃顔を見に行きました。そして、「まずはぐっすり眠ってください」と伝え、夜勤者と話をして、私の長い一日が終わりました。


翌日の昼に顔を見に行くと、Oさんは久しぶりの笑顔で、「よく眠れました。朝も昼もたくさん頂きました。朝の卵粥が美味しかった」とおっしゃいます。「まずはエネルギーを回復しましょう。なにかあったら遠慮せず、スタッフに申し付けてください。私はまた夜に顔を出します」と言って、ほかの方のケアをし、訪問に出かけました。

土曜の私は、本当に忙しく動いています。その日もあちこちでいろんな問題が発生していたので、帰りはかなり遅くなりました。夜、『きりんの家』に戻り、ほかの方のケアをしていると、O先生が診察に見え、私のケアの邪魔（?）をしながらOさん

彼女の無念さを思うと……


の報告をされました。彼女が先生の提案に対して、私と話して決めると言われたらしく、「あとはよろしく」ということで先生は帰られました。

洗面所に向かった時に、ちょっとドアの隙間から見えたOさんの顔は、なぜか曇り顔。診察を受けるということは、エネルギーをもらうということなのに、なぜかしら？

そして私はすべてのケアを終え、Oさんの部屋に向かいました。

「今、なにが一番つらいですか？」の問いに、「体がだるい。どんな姿勢をとっても、楽な形がない。寝ている時だけ忘れられるけれど、あまり眠れない。一晩でいいからぐっすり眠りたい」。

（あれ？）

先生のおっしゃった、「一緒に決める」ということが出てこない。その話を振ると、「あ、そうです」と、私からの質問に答えていたら、先生とのやり取りを忘れてしまった様子。つらそうだったので、忘れてしまうくらいなら、今じゃなくてもいいかとは思ったのですが、朝一に先生から電話があることは推測できたので、少し話をしました。その結果、「眠りたい」ということと、腹水のことを私から先生に伝えることになりました。その後フットケアをして、退室しました。

翌日は、大きな変化なく経過。「明日のお風呂は何時ですか？　明日、友達が手当てをしに来てくれるんです」と、Oさんはお風呂を楽しみにしてらっしゃいました。心が落ち着いて夜眠れるようにと、座薬が処方されました。

月曜の朝。座薬のお陰で、いつもよりは眠れたようです。朝夕の指示でしたが、午前中お友達が来るということで、朝の座薬は遅らせることになりました。ヨーグルトを少し召し上がり、変わらぬ一日が始まるはずでした。

お友達が来られた頃から意識レベルが少し落ち、一般状態も低下。ご主人に連絡し、すぐに来てもらいました。不穏状態になり、呼吸も、少し呻くような声が漏れるようになってきました。このつらそうな状況を改善するために、座薬を使うか、使わないか。ご主人はかなり悩まれました。

ちょうどその頃、私は二階の事務所で鍼灸師と打ち合わせをしていたのですが、一

彼女の無念さを思うと……

階から「お母さん、お母さん」と、叫ぶ声が聞こえてきます。どうも、Oさんのようです。下に降り、ご主人と相談し、私がお母様を連れて来ることになりました。

迎えに行くと、お母様はこの前よりは元気そうな顔をしています。状況を伝えると、「今、お地蔵さんのところに散歩しに行ってたの。もう、頑張らなくっていいからってお願いしてきたんです」。「エッ?」。彼女が、「お母さん」と叫んでいた時間と被ります。「それが聞こえたの? うそでしょう」と、私は心の中で叫びながら、お母様を、『きりんの家』にお連れしました。

ご主人も子ども達を迎えに行ったようで、部屋の中はOさん一人。お母様は、Oさんのそばに寄ったかと思うと、「Kちゃん、もう頑張らなくっていいから。子ども達のことはお母さんがちゃんと見るから」と。

(ちょっと、お母さん待ってよ、まだそれは早いでしょ。まだ子ども達も来ていないんだから。それにあなた、その体で子ども達の面倒は見られないでしょ)

私の心の声は、お母様にはまったく届きません。でもお母様は、ひたすらそれを言うばかりです。

そうしていると、子ども達がやって来ました。そこからがたいへんです。「お母さん、頑張って」という子ども達の声と、「もう頑張らなくっていいよ」というお母様の声が交差します。結局三時間近く、その時間が続きました。お母様は疲れて、途中から横になってしまったので、子ども達の頑張れコールだけになりましたが。

途中、呼ばれて部屋に行くと、長男君がいません。聞くと、塾へ行ったとのこと。（うそでしょ？　お父さん、今大事なのは塾へ行くことじゃなく、お母さんのそばにいることでしょ！）

どんなに心の中で叫んでも、時すでに遅し。

私はスタッフの一人と、ミニカンファレンスを始めました。テーマは、「長男をどうするか」。Oさんには息子さんが三人います。中三と小五と小二です。長男との間が離れているからか、「長男対下の二人」という関係が出来上がっていました。下の二人がめちゃめちゃ仲が良く、長男と三男が対立関係です。

長男君は、思春期真っ只中。今日も下の二人はお母さんの顔を見て、素直にお母さんに近づいて、泣きながら、「頑張れ」と言います。でも長男君は少し離れたところ

彼女の無念さを思うと……

から、ただ見ているだけ。そばに寄りたくても、どうやってそばに寄ればいいのか分からない感じです。

それもあってか、塾の時間になったから、「塾」という言葉を発したのかもしれません。（だからって、行かせちゃダメですよ。長男だけ大事な時間にいないということが起こっちゃう‼　もう下顎呼吸になっているから、そんなに持たないよう）

私達おばさん二人は、気が気じゃありません。

「長男君をこのまま放っておいていいかな？」

「いいわけないよね。だって、その年齢って、すごく難しいよ」

「どうする？」

「誰か話せる人がいるといいんじゃないかな、お母さんのことを。亡くなった後も、下手すると家族の中で孤立するよね。学校でのこともあるし」

「まずは、亡くなった直後に誰かのサポートが欲しい。どうする？」

「今日の今日、ましてやこんな時間、頼める人いないよね」

「う～ん、どうしよう」

そこで浮かんだのが、『シニアサポートセンターK』のYさんでした。「彼しかいないよ。会員だし」という勝手な理由で電話を掛けたのが、確か二十一時過ぎ。ところが彼も、「実は気になっていた」とのことでした。前日の日曜に、『きりんの家』の一周年記念のシンポジウムがありました。そこに参加していた彼は、Oさんのケースでのパネルディスカッションを聴いていたのです。

「Y君、思春期の男の子の心理、分かる？」という訳の分からない私の言葉をすぐに理解してくれました。「昨日の方ですよね。いつでも呼んでください。自分もその時に泣けなくって、そのあと、いろいろあったので」と。

彼は二十三時二十分頃に、嫌な顔もせず来てくれました。

Oさんが亡くなったあと、思った通り、次男君はエンゼルケア（亡くなった後のケア）を一緒に行ったのですが、長男君は、「僕は……」と、部屋を出て行ったのです。あとは、Y君に任せるだけでした。

長男君が外に飛び出し、追いかけるY君を見た時、「一体、なにが起こったの？」と思ってしまいました。

「あなたも、同じ経験をされたのですか？」という話から、長男君はいろいろY君に話をしたようです。亡くなったOさんには、その日入る予定だったお風呂に入ってもらい、服を着始めた頃に、長男君は戻ってきました。そして、一緒にお母さんの身支度を手伝いました。靴下を履かせ、ズボンも彼が履かせました。Y君とその姿を見ながら、思わず涙が出そうになりました。

その日は、Oさんご本人だけが、『きりんの家』に残り、翌朝ご家族が迎えに来ましたが、そこには長男君の姿がなかったようです。

私はY君に電話をし連絡先を伝え、「彼の夜回り先生になってください」と伝えました。残念ながら、あのお父さんが三人の子ども達の心に寄り添えるとは思えなかったのです。誰か一人でも話せる大人がいれば、少しは違う気がしたので。

次男君・三男君は、自分からお父さんに話ができる気がしました。次男君は、お母さんが一番頼りにしていたものだから、「その役割」を演じている気もします。それも心配ですが、まずはできることからするしかありません。ある程度時間が経ったら、私から長男君に向けて手紙を出すつもりでいました（未だ出せていませんが）。

長男君は、お母さんとの関係が悪かったと思っているみたいです。私も親だから分かりますが、一人目の子はやっぱり心配で仕方がないし、気になっちゃうからつい言っちゃうんです。加えて男の子だし、うちの息子も、中高の頃はなにか言うと、「うざい」、「どうせ言ったって分かんないじゃん」の言葉だけ。そうすると余計、私もきついことを言う。それの繰り返しです。

「お母さんはあなたのことが大好きだし、なにより、あなたは弟が生まれるまでの四年間ほど、お母さんの愛情を独り占めしていたんだよ」

そう、Oさんの代わりに言ってあげたい。

実はちょっとだけ先輩の親として、亡くなる前に私はOさんと、長男君の話をかなりしていたのです。

この一年、本当にすごい時間でした。第二ステージ、本当にご本人は奇跡が起こったと思っていたのかもしれません。だからこそ、トイレに失敗したことが、あんなにショックだったのだと思います。「とうとう、自分にも来てしまった」と。

「死」が突然目の前に現れて、冷静でいられる人なんかいません。

「私、どうしていいか分からない」

この言葉を言っている時のOさんは、母でも妻でもなく、単なる一人の女性でした。そしてご自宅では、「一人の女性」ではいられなかったのです。

だから、『きりんの家』が必要だった。まさか、あんな風になるなんて思ってもいませんでした。生きるために、『きりんの家』にいらっしゃったのですから。最期は、あのご自慢の家で亡くなるはずでした。

Oさんは目を見開き、口を開けたまま亡くなりました。子ども達が、「どうして、ずっと開けてるの？」と聞いてきます。「しょうちゃん達が、『お母さん、頑張れ』って言ってたでしょ。ずっと見ていたかったんじゃないかな。そして、返事もずっとしていたかったんだと思うよ」と答えました。

お風呂に入っているうちに、少しずつ顔が緩んできます。スタッフの手で、目も口もしっかり閉じられました。いつもの優しいお母さんです。頬にうっすら赤みを入れ、仕上げの口紅は、次男君がさしました。

彼女の無念さを思うと……

もし、『きりんの家』がなかったら……もちろん、それはそれで進みます。

でも、入られた次の日の昼、「朝も昼もたくさん食べられました」という彼女の顔は忘れられません。それまでは、「途中でセーブしないと、お腹が張ってつらくなる」と言っていた彼女です。わずかであっても心穏やかな時間を過ごせたとしたら、かかわっていた者としても幸せです。

これからも規制を作らず、皆が好きなように使ってくれたらいいな、と思います。

『きりんの家』が必要であるかないかは、社会が決めてくれるでしょう。

この貫禄はなんでしょう？

Sさんの話

『きりんの家』は、ガンの方が主にお使いになるため、滞在期間は長くても二、三カ月です。そんな短い間なのですが、入られた時から存在感があると言いましょうか、〝家の主《ぬし》〟になられる方がいらっしゃいます。

八十代の女性Sさんは、『きりんの家』ができて、ちょうど一年経った十月の下旬に引っ越していらっしゃいました。そして、一カ月もしないうちに、まるで昔からいらっしゃるかのように、『きりんの家』の〝主〟になられました。

主になられる方々は、なにか皆さん、貫禄があります。よく言うと「自分を持っている」、悪く言うと「我儘」なのでしょうか、それに皆さん、メチャメチャ話が面白い。主になったからと言って、なんの特典もありません。あるとするなら、「笑いに包まれて、幸せに過ごせる」。そんなことでしょうか。

Sさんは、その年の十二月二十五日、クリスマスに天に召されました。それはちょうど、『きりんの家』に来て二カ月目の夜のことでした。それも、本当にあっけなく。

その日は、私が夜勤でした。数日前から状態は不安定でした。家に着くと同時に、Sさんの部屋に寄りました。反応が、ちょっとはっきりしません。そして日勤者から申し送りを受けて再度訪室すると、呼吸が、もう……。

日中、息子さんが見えていたらしく、ご本人の顔のそばには、チョコレートがそっと置いてありました。


あれから一年半。今も、いろんなことが思い起こされます。

私は、『きりんの家』をお使いになりたいという方には、どなたにも、「ここでよければどうぞ」としか言いません。Sさんのご家族は、ずっと迷っていらっしゃったみたいです。『きりんの家』は、たった三人の小さな家です。Sさんが、ほかの方に迷惑をかけるのじゃないかと。

心配なことは、Sさんがガンではないことと、点滴をしてもらえるのかということ。そしてなにより唸るというか、大きな声を出してしまうということでした。

大きな声に関しては、「話を聞いてる限り、ただ叫んでいるようには思えません。それに、ここはそんなに大きくないですから大丈夫ですよ」と伝えました。それで納得されたかどうかは疑問ですが、終の棲家としてここを選ばれ、いらっしゃることになりました。その頃、家に来られた方は皆さん、Sさんの声を聞いていると思います。けれど誰一人、雑音として聞いている人はいなかったように思います。「聞くたびに、声に力が出てきたように思えるね」「なにか元気そうですね」など、口々におっしゃっていました。

そう、あの声は、やはり他人とのコミュニケーション手段だったのです。「私、ここにいますよ。ちょっと寄ってくださいな」みたいな。

だからでしょうか。スタッフは皆、ちょこちょこSさんの顔を見に寄っていました。

加えてSさん、会話がメチャメチャ楽しいのです。

「得意料理？　スパゲティ、カレー。息子の好きな料理？　忘れちゃった」「あなた達、楽しそうね」「心配されるって幸せね」「お煎餅？　舐めて食べるから」など。いろんな言葉が出てきます。会話している人も笑いますが、周りの人もそれを聞いて思わず笑ってしまいます。ほんと、笑いがいっぱいの二カ月でした。

でも、心残りもいっぱいあります。

もともとSさんは足の付け根の骨を折り、手術後、リハビリ目的でほかの病院に移りました。でもリハビリがうまく進まず、そのうちに食事量も減り、このままでは数カ月しか持たないということで、『きりんの家』にいらっしゃいました。

引っ越しの数日前に肺炎を起こしたらしく、食事は中止の状態。なによりも、口の中が真っ赤でした。これでは肺炎も治りません。連携している歯科衛生士の指導のもと、口の中の環境を整えました。

歯科衛生士の初回のコメントは、「この人、本当に病院にいたの？　本当に数日前までご飯食べていたの？　今の状態で食べられるようになるには、かなりのハードルを越えなきゃいけないよ。まずは口の中の保湿。そして、体の柔軟性アップ」

言うのは簡単ですが……でも、やるしかありません。すべては積み重ねです。

Sさんは頭が少しのけ反った状態で、体が棒状態になっています。せめて、横向きになっていられる体になって欲しい。口の中の乾燥もなんとかしたい。けれど、口は開いたまま。マスクをしたって追いつかない。加えて、季節は冬に向かっています。

加湿器を付けたって、家の中の乾いた空気が容赦なくSさんの口の中から水分を奪い取ってしまいます。夜中も暖房をオフにしないと、喉の奥がひどい状態になります。

数日が経ち、乾燥によって取れなかった痰も少しずつ取れ始め、口の中は少しずつきれいになってきました。それと同時に、少しずつ水分を摂れるようになってきました。そうこうしているうちに、Sさんの意識がはっきりしてきました。その前から、「Sさん、私達の話を全部聞いていて、全部分かってらっしゃるよね」という話を、スタッフの中でしていました。なんだかそんな気がしたのです。

実は骨折の前、私は二カ月ほどSさん宅に訪問していたのですが、確か病名は、「認知症」だったように思います。今考えると、その時のほうが同じ言葉を繰り返し、話もあまり通じていなかった気がします。

自分で話せるようになってからは、先述の通りのお喋りで、『きりんの家』の皆を楽しませてくれました。「認知症」なんて、吹き飛ばすぐらいの輝きを取り戻してくれたのです。

ある夜のことです。その日Sさんは、絶好調で誰かとしゃべりたくてしようがないといった感じでした。「家に帰りたい」ということから、「ここはどこ？」、「どうしてここにいるの？」と聞いてきます。私はSさんが、『きりんの家』にいらっしゃった経緯から、すべてを話しました。

すると出てきた言葉が、「私、生きたい」。そして、「私、どうしたらいい？」。そこで現状から今後のことを絵に描いて説明すると、彼女は彼女なりの選択をされました。そして、「それを息子に伝えてください」と。

私は、Sさんからそういう言葉が出てきたことが嬉しくて、なにも考えず、息子さんに伝えました。本当にそのまま伝えてしまったのです。

今も、そのことは頭に引っかかっています。Sさんの、「生きたい」という言葉に添えなかったんじゃないかと。

Sさんは、今の生活が楽しいから、「生きたい」と思った。そう、「生きたいと思えるくらい、今の生活が楽しいの。できるだけそれを続けたいの」。それがSさんの本当の気持ちだったように思います。

生きるためのエネルギーの補給法は説明しました。でもそれは手段でしかなく、それによって生活がどうなるかは、説明していません。方法を選択されたのも、「私、もう少し生きてみようかな？　あなた達のお陰で、もう少し生きたくなっちゃった」という意思表示だったように思います。その方法で生き続けたいということではなく、「今を楽しくいきいきと暮らしたい」のです。

Sさんは聡明な方で、そして母です。今後の生活を説明したら、「息子達にそこまでさせて、生きていこうとは思いません」と、きっぱり言われたように思います。

私がそこまで考えられたら、もう少し違った添い方ができたように思います。そう後悔するくらい、その後、Sさんにはつらい時間がやって来ました。

「まさか母の口から、そんな言葉が出て来るなんて」と息子さんを悩ませ、「この前の話はどうなったのかしら?」と思うような宙ぶらりんな状態に、ご本人をさせてしまったのです。

現に、ご本人からの言葉は徐々に減ってきました。もちろん笑いも。お腹にしていた皮下の点滴も吸収が悪く、浮腫みが出てきました。なにより、私達とのかかわりが、ほんのちょっと変わってしまった気がします。

あえて、その話題を避けるような……とでも言いましょうか。生きる気力って言いますが、簡単になくなっちゃうんです。それも他人との、ちょっとした触れ合いの変化によって。

本当に、ごめんなさい。


亡くなる数日前、今後の話し合いのために、一人のスタッフがご本人に希望を聞きました。そこでSさんは、「点滴は痛い」と言われたそうです。

嫌じゃなく、「痛い」と。Sさんは、今の自分が点滴によって生かされていること

この貫禄はなんでしょう？

を知っていらっしゃいました。そして状態があまり良くないから、点滴を続けるか否かの選択を、息子さんが迫られていることも分かっていらっしゃいました。もちろん、決めかねていることも。

「点滴、痛くないんだったら続けてもいいいんだけどね」

このメッセージを読み解く力がなかった。まだまだです。悲しいけれど。

私が向こうに行ったら、真っ先に、「ごめんなさい」を言いたいです。「でもSさんのお陰で、その後からは、もう少しマシな添い方ができるようになりましたよ」と、伝えるつもりです。

そして、Sさんから教わったこと。「認知症」という言葉で、すべてを済ませちゃいけないということ。この方の頭（心）の中に、こんなにもたくさんの言葉があるのだとびっくりするくらいに、次々とこちらの問いかけに答えが返ってくる。あの語彙の豊富さには脱帽です。

本当に楽しい二カ月でした。

（あのまま病院にいたら、この楽しい時間はなかった？）

そう思ったらSさんも、「『きりんの家』に来てよかった」と、思ってくださるのかな？

Sさんが大好きだった板チョコ
息子さんからの
最後のクリスマスプレゼント
チョコ

終わり良ければすべて良し

Mさんの話

『きりんの家』は、主にガンの方がお住まいになる場です。とはいえ、利用にあたっては、なんの制約もありません。使いたいという方がいらっしゃれば、空いてさえいれば、いつからでも大丈夫です。

以前、亡くなる場を求めて、『きりんの家』にいらっしゃった方がいました。

Mさん、八十代の男性。すい臓ガンの末期状態で、奥様と娘さん家族とともに、ご自宅で過ごしていらっしゃいました。

少しずつベッド上で過ごす時間が長くなり、トイレへ行くのに、誰かの力が必要になってきました。ご本人はとても体格の良い方です。食事の量が減り、お痩せになったとはいえ、そこは男性です。そう簡単に付き添えるわけじゃありません。

娘さんは、日中仕事をされています。ご本人のふらつきが増すと、なおさら付き添いは難しくなります。そういうこともあって、早い段階から、「最期は施設で」と考えていらっしゃいました。

一月のある日曜日。『きりんの家』の理事でもある医師のO先生から、突然、電話がありました。

「血圧が急に下がった。ご家族は、家では無理と言っている。この状態で動いたら、移動中に亡くなることもあり得るけど、それでも動かしたいと言っている。日曜だし、『きりんの家』の方向で考えている」とのこと。

O先生は一カ月ほど前から、Mさんのところへ訪問診療に伺っていました。訪問看護もそろそろ必要ということで、私も前日、初回訪問していました。

九時過ぎの電話だったので、午前中に確認のために再度訪問しました。血圧は若干上がっていましたが、呼吸がなんとなく気になります。ご家族は今すぐにでも移りたいとのことで、寝台車など移動の準備をしました。

ご家族に、「よくお気づきになりましたね」と言うと、「O先生が突然いらっしゃったんです」とのこと。先生は、たまたま近くの病院に行く用があったそうで、帰り道、気になって寄ったらこうだったらしいのです。医者も経験を積むと、予知能力が身に付くのかもしれません。

昼過ぎにご家族と一緒に、Mさんが、『きりんの家』にいらっしゃいました。特に今すぐどうのこうのなる感じもなく、ご家族はホッとされたようで、早々に家に帰られました。

頭では分かっていても、突然の、「状態悪化」の四文字に、ご家族はどうしていいか分からなかったのでしょう。生活の中から、「死」というものが遠ざかった現在、致し方ないことなのかもしれません。

その日の夜勤は私でした。午後も夕方も、一般状態に大きな変化なく、時々、「うう」という声が漏れるくらいです。呼びかけに明らかな反応は見られませんが、夕方遅く、フットケアと身体ほぐしをしていると、なんとなく顔が緩んだ気がしました。

二十時頃から少し呼吸が変わり始め、夜中には呻《うめ》き声が入った呼吸に変わりました。

その呻《うめ》き声の音が変化してきた四時に、ご家族に連絡しました。「ちょっと待ってください」という、受話器の向こうでの家族会議の結果、三十分後に奥様、娘さん二人の三人が到着されました。

ご家族にバトンタッチし、私は隣のダイニングテーブルに移動しました。奥様が一言、「あなた、もうそんなに頑張らなくていいから」とおっしゃいました。まるで、その一言で安心したかのように、ご本人の呼吸が少しずつフェイドアウトしていきます。隣にいる私にもはっきり分かるくらいに。ご家族三人が、思い思いの言葉をご本人に掛けています。

そして五時半頃。「平蔵さん、呼吸が止まったみたいです」と娘さんに呼ばれ、ご本人のところに行きました。ちょっと体が斜めになっていたので頭を持ち上げると、呼吸がフ〜っと戻ってきました。私もご家族の方と一緒に、思わず、「キャーッ」と叫んでしまいました。

私は隣のダイニングにいたので、Mさんの様子はなんとなく分かっていました。呼吸が止まったように感じてしばらく経ってからなので、それはまさかの出来事でした。ご家族も同じく驚いたのでしょう。

「なにがそんなに心残りなんですかね」と私が言うと、奥様がまた一言。

「若くして亡くなったお父さんもそうだけど、あなたを待っている人がたくさん向こうにいるんだから、向こうに行ったほうが楽しいわよ」

二十分ほどそんな状態が続き、そして息を引き取られました。

亡くなるまでの滞在時間、一時間半。それはそれは、ご家族四人だけの本当に静かな、豊かな時間でした。同じ空間にいる私も、幸せな気持ちになりました。

最期の時間の過ごし方は、なんだっていいんです。ご本人とご家族が、納得すれば。

入居者第一号のWさん。実はその時、『きりんの家』にいらっしゃいました。数日前から状態もあまり良くなかったので、Mさんの苦しそうな声も聞こえていたと思います。なのに、私にはWさんが静かに眠っていらっしゃるように思えました。寝息が聞こえていたので。

そして、その日の二十二時過ぎです。Wさんが、突然亡くなられたのは。

ここ、『きりんの家』で、どのように人が亡くなるのかを分かって、安心したかのように……。

どこにでも咲いている野の花
「人の死」も、日常の生活の中にある
そんな気がします

やっぱり、神様っているのかな？

Nさんの話

私達は、日々いろんな方と出会います。私の場合はどうしても仕事上、病気になられた方が多くなります。「普通に生活していたら、絶対に出会わなかっただろうな」という方も、時にいらっしゃいます。

こんなことを言っては不謹慎かもしれませんが、その方が病気になったがために、私はその方と出会うことができた。そして病気でたいへんな時、もしくは亡くなる最期の時だからか、その出会いが、その後何十年ものお付き合いになる方もいらっしゃいます。

ＮＰＯ法人を作った年の六月のことです。

某病院で、初めてNさんにお会いしました。Nさんは七十代女性で、一人暮らしの方です。その出会いは、今考えても、神様が出会いのお膳立てをしてくれたとしか思えません。すい臓ガンの方で、脱水で緊急入院し、退院と同時に訪問看護が必要とのことで、その日、面会に行ったのです。

結局一年ほどかかわり、Nさんは亡くなりました。その時に（正確に言うとその後）、一つ確信したことがあります。「生きる希望を失うと、人は死ぬのだ」ということを。

人として、最大の心の痛みを感じるのは、「誰も私のことを分かってくれない」と思った時です。「私は誰とも繋がっていない」、「私は一人。誰も私が生きることを喜んでくれない」と思った時……そういうことじゃないかと。

Nさんは二年ほど前にすい臓ガンが見つかり、手術をする時は、静岡の弟さんが付き添ってくれました。翌年、脱水で緊急入院された時は、愛知の妹さんがいろいろ手続きをしてくれました。妹さんは手術後、定期的に手伝いに来られていて、緊急入院の時も埼玉に来られていたのです。

その退院の時から、私達はNさん宅を訪問にすることになりました。Nさんの家は、さいたま市南部の駅のそばにある、団地の十階の角部屋です。もともと住んでいた団地が改修となり、そこへ優先的に住めることになりました。周囲に大きな建物もなく、花火の時期になると、あちらこちらの花火を見ることができる、ご自慢の家でした。

そう言えばその年の七月に、スタッフ数人とNさん宅で花火見物をしましたっけ。

そんなご自慢の家なのに、なぜか妹さんに言われたからと、施設探しを始められたのです。Nさんの大好きな開業医のS先生が、必要になったら緩和ケアをしてくれるということも聞いていたのですが。

「だったら、施設になんか行かないで、ここにずっといましょう。電話がナースコールの代わり。なにかあったら、私達とS先生が来ます。どうですか？」

私はそう提案しました。すると、「それができるなら」と、本当に嬉しそうに提案に乗ってくださいました。

出会った翌年の四月の終わり、定期受診と共に、急に入院が決まりました。

Nさんは兄弟姉妹が病院に来ることを拒み、友達とも縁を切り、私を連帯保証人にして入院されました。「食事量が減って体力が少し落ちたから、病院で回復させましょう」という理由での入院でした。あくまでも、今の生活を続けていくために。

私のところへは毎日、いろんな頼みごとのメールが届きます。Nさんが入院されている病院へは、事務所から車で片道約三十分かかります。私は普通に仕事をしていますし、病院には面会時間もあります。Nさんの思うようには、なかなか病院には行けませんし、行ってもすぐ帰ることになってしまいます。

ある日、Nさんは洗面所で一時的な意識消失発作を起こしました。それを機に、家に戻ることを諦めました。「意識がなかったら連絡できない」と、急に不安になられたのです。そして、最期まで病院で過ごすことを決断されました。

そこからです。Nさんの気持ちがガタガタ……と落ちていったのは。

私との繋がりは、自分が思っているほど強いものではなかったと感じてしまったようです。それに病院の看護師は皆、自分が死ぬのを待っている……と。

家族は家族というだけで、繋がりを疑う人はそんなにいないと思います。でもNさんは一人ぼっちでした。

今、その時のことを思い出すだけで、涙が出そうになります。

Nさんは、退院を諦めた直後に小さな反乱を起こしました。それは私に対する抵抗とでも言いましょうか。Nさんにとって、「家を諦める」ということは、目の前の光がなくなるに等しいことだったのです。

病院というところは、そんなに居心地の良い場所ではありません。なにより、基本的には治療をする場所です。外科病棟の大部屋だったので、次々と新しい患者さんが入ってきて、手術をして帰っていかれます。Nさんが決断したちょうどその頃、隣のベッドには、手術を控えたお婆さんが入院していました。

毎日、家族数人が面会に来て、時間内ずっといらっしゃいます。そして、楽しそうに会話されています。Nさんは、寂しかったんだと思います。頼みの綱の私は、なかなか来ないし……。

そんな中、Nさんから山のようなメールが届きました。内容が意味不明だったということもあり、その日は土曜だったので、私はお昼に会いに行きました。

病棟看護師が、「今日はやけに面会の方が多いわね」と言います。「おかしいな」と思っていると、そこにNさんの大好きなS先生も姿を現しました。聞くと、朝泣きながら医院のほうに電話があったそうです。けれど、泣いているだけで内容が分からず、心配で来たのだとのこと。それも、午後の診療そっちのけで。

それで、すべてが分かりました。Nさんは連絡を絶っていた友達も含め、皆にSOSの連絡をしたのだということが。

それから十日ほどで、Nさんは亡くなりました。今考えても、なぜ亡くなったのか分かりません。そんなに症状もなかったからです。医師は、「ご飯が食べられなくなったから」と言います。

食べられなくなった理由。

(もしかしたら、自分から生を絶った?)

生きることを諦めた。生きる希望を見出せなかった。そんな気がして仕方がありません。

不思議なことに、私はNさんが亡くなる二日前の、日曜の午後から水曜の昼まで、たまたま休みを取っていました。実家に戻るつもりが、母との喧嘩で計画は中止です。時間ができたので、日曜と月曜の午後、ずっとNさんに付き添いました。そして火曜の午後に亡くなられたのです。まるでNさんとの仲直りをするために、この日が用意されたかのようでした。その年の完全休息日は、たったの一桁です。その中の二日間がこれでした。

その付き添いの時に、突然ある計画が頭に浮かびました。それは、「Nさんは、大好きな先生三人に会いたいと思ってるんじゃないか。生きてる時に会わないと、死んでからハグされたって嬉しくない」ということです。そのことをNさんに伝えましたが、まったく表情は変わりませんでした。

私は翌日三人の先生に会いに行き、こう頼みました。

「入院中のNさんを、明日、なんとか連れて来たいと思います。医院の駐車場に着いたら、すべてを中断して会いに来てもらえませんか」

そしてその日の午後、病棟師長に相談しましたが、提案は見事に却下されました。
「一応、医師に話します。明日の朝の状態で決めましょう」ということになりました。
それを聞いていたNさんは、一言、「遅い」。
亡くなったのは、その翌日の火曜の午後でした。

Nさんは、本当に勝手な人でした。私はなぜか入院時の連帯保証人にさせられ、葬儀では親族でもないのに喪主になり、その後の後片付けも私が……。遺言書も亡くなる前日になって、ようやくすべてが完了しました。

世の中、なにが起こるか本当に分かりません。Nさんはお金の絡みで、兄弟姉妹関係に波風が立ったようです。簡単に言うと、信じられなくなったようです。「だからと言って、会って数カ月の他人の私を、そんなに簡単に信用していいんですか？　どうしてそんな簡単に他人を信じられるんですか？」。それが私の正直な気持ちでした。
妹さんから、「施設しかない」と言われた時に、「この家で暮らしましょう」と言う私の言葉が、神様の言葉に聞こえたのでしょうか。それとも、母のように思えたのでしょうか。

なぜか、「平蔵さんに頼めば大丈夫。なんとかしてくれる」と思われたようです。

ある意味、その人選は間違っていなかったとは思います。けれど他人である私が、親族を差し置いてなにかをするというのは、Nさんが思っていたほど簡単なことではありませんでした。


Nさんからは、本当にたくさんの教えをもらいました。

「最期の時を過ごすのは、やっぱり病院じゃなくて、自宅がいい」

「自宅が無理になったら、自宅に限りなく近いところで暮らす」

そう思えたのは、この経験からです。そして、「生きる希望」を持ち続けることが、いかに大切かということです。私が今、どんなにたいへんでも前に進めるのは、その教えがあるからです。


なにより、『きりんの家』をスタートできたのは、Nさんからの多額の寄付があったからでした。あの時期に会っていなければ、今日はありませんでした。

私のことを振り回すだけ振り回し、使い回し。でも子どものようになんの疑いもなく信じてくれて、多くのものを遺して、サラリと逝ってしまった。

Nさん、本当に感謝しています。

Nさんご自慢のお宅で
スタッフとともに花火見物
素敵な思い出を遺してくれました

生きる希望と言いますが……

Tさんの話

前述のNさんとの別れから、ずっと考えていたことがあります。

私達は、「生きる希望」って簡単に言うけれど、そんなに簡単じゃないのです。

(本当に、人間ってあっけないな)


そんな時です、Tさんと出会ったのは。

彼女は八十四歳、一人暮らしの女性です。Nさんが亡くなった年の八月にすい臓ガンの末期と診断され、十月の上旬に手術をし、十一月の下旬に退院されました。

ガンによって食べ物の通り道が細くなっています。加えて、痛み止めによる副作用で吐き気が強く、食事もほんの少ししか食べられません。痛みも十分にコントロールできていない状態での退院でした。

症状が落ち着いていないため、病院関係者の半ば強引な勧めでの訪問看護の開始です。Tさんは、ずっと一人で住んでいらっしゃったこともあり、人の力を借りるのがちょっと苦手な感じでした。

まず二週間、夕方に毎日伺うことになりました。フットケアと枇杷の葉温湿布（枇杷の葉をお腹に当て、焼き塩で温めます）の手当てをしながら、関係作りをします。退院五日目には、在宅医のI先生の訪問があり、治療方針を私を含め三人で話し合いました。

私の一回の訪問時間は、だいたい一時間程度です。毎日、同じ人がやって来る。それも一時間、自分のためになにかをやってくれるというのは、Tさんにとって、決して嫌なものじゃなかったようです。

I先生に関してもそうです。お医者さんが自分のことを、こんなにじっくり考えてくれる。Tさんも、医者とこんなにゆっくり話したことはなかったんじゃないでしょうか。

当初二週間の訪問の予定でしたが延長し、しかも十二月二十一日からは朝と夕、毎日二回の訪問となりました。「おはようございます」と、「お休みなさい」の両方を言うのです。

Tさんには、姪御さんが二人いらっしゃいます。一人は同じ区内に、もう一人は都内に。一人暮らしであることを、心細いと思うこともあったとは思います。けれど、思っても仕方がないことです。

ちょっと食べられなくなったからと受診した病院で、ガンを指摘され、それも末期の状態でした。よく分からないうちに治療方針が決められ、自分はそれに乗るだけ。症状が残っているのに、退院になった。家は自由だけど、独りぼっち。なにかあっても、病院のようにすぐ来てくれる人はいません。

加えて、季節は冬。寒さと日暮れの早さは、人を心細くさせます。もともと気丈なTさんです。けれど気丈な人であればあるほど、一度心細さを感じると、心のコントロールが難しくなるのかもしれません。

Tさんから、初めてのSOSが来ました。それは確か、ケアマネージャーからお風呂に入るためにデイサービスを勧められた時のように思います。ケアマネージャーは良かれと思って勧めたのです。「たぶん、入りたいだろうな」と思って。「階段はスタッフが支えるから、心配することはないですよ」と。

一時は、行くことに気持ちが傾いたようですが、急に不安になったようです。「せっかく落ち着いているのに、痛みが強くなったらどうしよう」と。一旦は断ったのですが、結局姪御さんにも、説得されたようです。

そうしたら、痛みが増してしまったのです。レスキュー（痛みが強くなった時に、頓服として飲む薬）を飲んでも、まったく効かない。そこで、「平蔵さん助けて！」のコールになったのです。

「誰も私のことを分かってくれない。みんなが私のことを思ってくれているのは分かるけど」

それが心の痛みに変わり、体の痛みを増やし、薬の効かない体にしてしまったようです。

I先生に連絡をすると同時に、私は自分ができる手当てをします。心を緩めるための手当てです。その後も数回、TさんからのSOSコールはありました。そのたびにI先生と訪問し、対処しました。

Tさんにとっては最後になるかもしれないお正月。本当に穏やかに過ごされました。私はいつも通り、朝夕に通います。姪御さん二人も、毎日やって来ます。

そして私は、「お友達が持って来てくれたのですが、ほんのちょっとしか食べられないので」というおせち料理をTさんからいただいて、せっせと食べました。自分で言うのも変ですが、私は食べ物を本当に美味しそうに食べるのだそうです。

そういう時って、仕事以外の話で盛り上がることがたびたびあります。その日も、なんの話からそうなったのかは忘れましたが、私の『きりんの家』についての夢物語が始まりました。

「それは、どういう家なの？　本当に普通の家なの？　お世話をしてくれる人がいて、今と同じように過ごせるの？」

「そんな話、初めて聞いた」と言うように、次々にTさんの口から質問が出てきます。

「そういう家、いいね。私もそこで暮らせる？」と、Tさんの目には、『きりんの家』の姿がはっきり見えるようでした。それはそれは、嬉しそうに聴いてくださいました。

その顔を見ると、私も嬉しくなって、ついつい夢中になって喋ってしまいました。

「私も、そういうところで過ごしたいな。どうして反対なんかするのかね。みんな、分かんないんだね。自分には関係ないと思って。なりたくないと思っても、突然病気になっちゃうのにね。頑張って早く作ってね」

Tさんは、私の心強いサポーターです。

静かな穏やかな日々が続くと、すべての問題がまるで解決したかのような錯覚に陥ります。まさか、このお正月の静けさが、嵐の前の静けさになろうとは……。


お正月を穏やかに過ごされたTさんでしたが、世の中が日常を取り戻すと同時に、心のザワザワが大きくなってきました。

「祭りの後の寂しさ」みたいなものでしょうか。その寂しさに、ベッドやトイレからの立ち上がりなど、少し生活がたいへんになってきたことが、Tさんを現実の世界に戻すことになりました。

お正月が明け、数日経った夜のことです。いつになく痛みがひどく、薬を飲んでも効かなくて、イライラが募ってきました。私とI先生と、今回は姪御さんも交えて対処しました。

やがてTさんは落ち着かれたのですが、今度は姪御さんが少し不安になってしまったのです。「このまま叔母さんは、ここに一人でいて大丈夫なのかな?」と。

翌日の朝に伺うと、彼女の姉の、もう一人の姪御さんも来て家族会議をされたようです。「病院か施設の、早く入れるほうに移りたい」とのことでした。I先生に連絡をし、その日のうちに施設入所が決まりました。

ご自宅に愛着を持ち、出ることをためらい続けたご本人の長い間の心のもやもやは、いったいなんだったのだろう……そう感じるくらいにあっけなく、あっさり決まってしまいました。

物事が動く時って、こんなものなのかもしれません。私としては、なんとなくすっきりしない感じはしましたが、他人である私が口出しできるはずもありません。

ただお年寄りが、突然自分の住まいを変えるって、そんなに楽なものではありません。病院は、治療をする場だから仕方ないと諦めますが、施設は、「住まい」です。入ったその日の夜に、私はTさんに呼ばれて施設に行きました。Tさんは数時間の間に脱出計画を練ったようで、その計画に私を巻き込もうと思ったらしいです。

ですが、Tさんが思うように、そんな簡単に脱出できるわけもなく。私は涙が出そうになるのを抑えながら、無理であることを説明しました。

Tさんは私の心配をよそに、一時は幸せそうな顔をして過ごしていらっしゃいました。ですがそれも長続きせず、入所から十七日間で亡くなられました。

施設に入ることを、ダメとは言いません。もともとTさんは、「一人での生活がたいへんになってきたら、病院か施設に入る」とおっしゃっていたのですから。ただ、ご自分が思っていたより、退院後のご自宅での生活が心地良かったのだと思います。もちろん、痛みはどんどん増し、つらい日はありました。病院のように、常に自分のそばに誰かがいるわけでもありません。

それでも連絡をすると、必ずやって来てくれる医者がいる、看護師がいる。それは病院にいる時以上に、繋がりが感じられる存在だったのではないでしょうか。

そして、ご自宅での生活が難しくなっての施設。どうも、入ったその日に、嫌なことがあったようです。急に入所が決まり、施設側もたいへんだったのだとは思います。それでも利用者側の、急に入所が決まった人の心細さを少しは分かって欲しい。それが分かっていたら、もう少し入所した日の対応は違ったはずです。

その後は、一時は穏やかな、幸せそうな顔をされていたTさんです。職員の中に、何人か自分に合う人を見つけたのかもしれません。「私はここで最期まで過ごすのだから」と、悟ったのかもしれません。

ただ、亡くなる前の一週間は、悲しい一週間でした。施設側の対応のまずさです。食事量がかなり減り、点滴を始めたということを、I先生から聞きました。心配になって施設を訪れると、Tさんは痰で苦しんでいました。横には吸引器が置いてあります。その数日後に伺うと、顔を歪めてお腹を必死に叩きながら、なにかを訴えていました。離れている私でさえ、心配で訪問するんです。どうして近くにいる職員が、こまめに顔を見に行かないのかな。そうすれば、Tさんがなにを伝えたいのかが分かるだろうになあ。

集団の中の孤独ほど、寂しいものはないと思います。常に、「誰かが自分のことを気に掛けてくれている」。そう思えるだけで、心は休まるように思います。

I先生は、「ここは、ケアがダメだね」とおっしゃいますが、私からすると、「ここには生活がない」と言うよりも、「生活というものを見る目がない」。

Tさんが、どのように暮らしたいと思っているのか。そのために私達はなにをしなくてはいけないのか。

その施設は、医療依存度の高い方も積極的に受け入れているところでした。看護師も複数常駐しています。せっかく良い箱があるのに、本当に残念で仕方がありません。

亡くなられた日の朝、I先生からメールが届きました。

『朝方、Tさんが逝去されました。よく頑張ったと思います。最期は、少し笑顔も見られたようです。ありがとうございました』

施設でのケアを、十把一絡げで言ってはいけないのは分かっています。けれど、想像できるだけに、私としては複雑な気持ちです。

終わり良ければすべて良し。途中いろんなことがあっても、最期に笑えたらそれでいいかなと思っているだけに、ちょっとつらいです。

あのお正月の四日間、私にとっても本当に幸せな時間でした。Tさんは、私の妄想を、それはそれは嬉しそうに聴いてくださっていました。

施設に入られての、ある穏やかな日。

「家はまだ見つからないの？　私、待ってるからね」

あの時のお顔を忘れません。

Tさんからのエールです。

Tさんがガンになったおかげで、Tさんと出会うことができました。

本当にありがとうございました。

枇杷の葉温湿布で手当て

見えるようで見えない「家の力」

Kさんの話

私の本業は、在宅ケアです。自宅で暮らしたい人が、自宅で暮らせるようにお手伝いするのが仕事です。なにがなんでも自宅がいいとは言いませんが、病院や施設で暮らすより、自宅がいいな……と思って、仕事をしています。

狭い空間での、同じことの繰り返しのような生活の中に、時に面白く不思議なことが起こります。これってなんなのだろう。「『家の力』っていうものかな?」と思うことがあります。

「家の力」を知ると、その力を信じることができるようになります。言葉での説明は難しいのですが、病院では見られないご本人の姿を見られる……とでも言えばよいのでしょうか。

いつだったか、ある集まりでそれが話題になったことがあります。「家の力」って、なんだろうと。

慣れ親しんだ生活空間、落ち着ける場所、疑わざる自分の居場所……。「家」そのものの力が、ご本人に良い影響を与えて元気になる。家族・近所・友達など、「今までの人間関係」を維持しやすく、それがご本人に良い影響を与えるのかもしれません。緩和ケア医の萬田先生がおっしゃっていた、「家ではそんなに薬は要りませんよ」も、「家の力」によるものかと思います。今回そこに、もう一つ加えてみたくなりました。

Kさん、七十五歳男性。大腸ガンの末期で、肺・脳に転移している状態です。大腸ガンに対しては、人工肛門を造設しています。平成二十七年五月、治療の段階を終え、ご自宅に戻っていらっしゃいました。

起き上がると吐き気がするということで、セルフケアが困難になり、ヘルパー・看護師を利用することになりました。当初は人工肛門の交換ということで、週一回の訪問看護を希望されていました。でも奥様の鬱状態が芳しくなく、週二回の人工肛門の交換すべてを依頼されるようになりました。

そうこうしているうちに、食事・飲水量が減り、それを補うための点滴が始まりました。たまたま右肩付近にポートというものが埋め込まれていたため、点滴はそこに針を刺すだけです。「人疲れするから」と、週一回の訪問看護、週二回の訪問介護の予定だったのに、開始一週間にしてほぼ毎日、私のみが訪問することになりました。

私の訪問に慣れると同じくして、ご本人の状態が徐々に落ちてきました。まず、尿器でのおしっこが難しくなりました。そしてむせることが増え、口から食べる量もさらに減り、薬も難しくなりました。そのうち痰がらみの咳が増え、口の中の汚れも目立ち、熱も出るようになりました。気がつくと、一日の大半を寝ているという状態になってしまいました。

その都度、奥様に対応策を伝えます。ご主人の体に対するちょっとした疑問・不安・困りごと・ケアの仕方など、相談したい時に相談できる関係を作ることが、訪問初期の第一目標です。奥様も、当初は、「人疲れするから」と回数を制限していたのに、逆に人が来ることを望まれるようになりました。人の心って、不思議です。

訪問が始まって一カ月くらい経った頃でしょうか。急に呼吸が変になってきました。午前中の訪問時は穏やかだったのに、午後から急に呻《うめ》くような呼吸になり、夜に訪問すると、鼾をかくようになっていました。鼾は舌の根っこが落ちてきたのか、喉の奥に痰が絡んできたのか。「たぶん、両方でしょう」ということで、吸引器をセットすることにしました。

私自身は、吸引器はあまり勧めないのですが、Kさんの場合、ちょうど舌の奥に見えるものを口腔ケアのスポンジで取っているということだったので、それだったらと用意することにしたのです。

翌日からケアの中に呼吸リハビリも組み込みましたが、徐々に酸素飽和度も下がっていきます。三日後には高熱が出て、呼吸も苦しそうで、なにをやっても酸素飽和度は上がりません。喉から膿のような汚い分泌物も多量に引けるようになりました。先生に連絡すると、先生も同様の見解です。肺炎でも起こしたのでしょうか。「明日往診する」ということで、今日一日様子を見ることになりました。

ところで、人間の体って不思議なのですが、喉の奥のツボのようなところに、分泌物が溜まるタイプの方がいます。厳密に言うと、みんなそのツボのようなものを持っているのですが、普段は萎んでいて、あるのかないのか分かりません。それでも最近私は、そのタイプの方を見分けられるようになりました。

今回も、吸引していてなんとなくそう感じたので、奥様に吸引のポイントを伝授しました。これはもう、吸い取るしかありません。ツボが空っぽになっても、すぐに溜まります。取らないと、そこに唾液などが落ち込みあふれます。ただひたすら取る。それだけです。

奥様は鬱状態で、いろんなことをご自分で決定することは難しいのですが、賢い方なので理解力は十分にありました。あとは、奥様の力量に頼るのみです。

翌日の朝、そこには穏やかな顔をしたKさんがいらっしゃいました。熱は下がり、呼吸も穏やか、酸素飽和度もしっかり上がっています。吸引器には、汚い排液が山のように溜まっていました。

私が帰ってからの十二時間の奥様の頑張りが、手に取るように見えます。「奥様、本当に頑張られたんですね。すごいです」と素直に伝えると、「主人が目で、『取って』って訴えるんです。たくさん取れると、すっきりするのか嬉しそうな顔をするんです」とおっしゃいました。

そうなんです、このツボ。ポイントを押さえると気持ちいいくらいに取れるんです。そうすると、取れた満足感と気持ちよさで、次の吸引に繋がります。ご本人も、取れた時のすっきり感と痛さがないので、嫌がることがありません。

吸引と同時に呼吸の改善として、呼吸リハビリを行います。横向きの状態で胸をほぐし、呼吸とともに胸を押すといった呼吸介助を行います。大抵の方は、楽そうな呼吸になります。

Kさんも例に違わず、それはそれは気持ちよさそうな顔をなさいます。やっている私がそう思うって、なかなかないことです。それくらいに本当に気持ちよさそうな顔で休まれます。ご家族は、その顔を見るだけでホッとされたようです。

そして、その状態で吸引をします。仰向けでは若干のイメージが必要なのに、横向きではいとも簡単にポイントに入るものですから、それだけで、「さすが平蔵さん」

と、まぁまた評価が上がります。そしてその状態で数時間過ごしていただきます。Kさんのご家族にとっては、一番の安らぎの時間だったようです。

一時は、本当に危ないと思ったKさんの状態が落ち着き、小康状態を保つようになりました。ただ、奥様の疲労も極限状態です。M病院の受診日に、思い切って四、五日の入院をお願いすることにしました。ちょうどその日は、ご本人を連れてくるのはたいへんだから、ご家族が状況を伝えるだけでよいことになっていました。俗に言う、「レスパイト入院」（家族の休息のための入院）です。

奥様とすると、娘と三人でなんとかやっていける自信は出てきたけれど、ちょっと休みが欲しかった。なにせ短期間の間に、ガタガタとご主人の状態が落ちたため、心がついていけなかったのだと思います。

いろいろありましたが、結局は入院可能になりました。ただ入院当日のKさんの姿は、病院関係者から見たら、家で過ごせるレベルには思えなかったようです。入院から三日目、呼吸状態が悪化し、ご家族は医師から呼び出しを受け、「入院継続が必要」と説明を受けました。

でも奥様には、どうにも説明の意味が理解できなかったようです。病院に入ってから、ずっと苦しそうな呼吸をしているし、医師が言う発熱や酸素飽和度の低下といった悪い状態は家でもあったけれど、大丈夫だった……。

だけど医師は、「この状態では家に戻せない」と言うし、看護師も、「こんな状態で家に戻っても困るでしょう」と言うばかり。医師の意見を跳ねのけてまで、退院することは無理でした。結局は入院を続けて、病院で最期を迎えることになったのです。

それが決まって、私はKさんの顔を一度見に行きました。ベッドに横たわるKさんは、すっかり病人の顔になっていました。面会に来るたびにこの顔しか見られないのは、奥様としてもさぞかしつらかったことでしょう。

ご本人の呼吸を感じ、「そろそろ吸引かな?」と思って看護師に伝えると、「三時間ごとに取ってます。あまり取ると、酸素が減っちゃうから」と言われます。たぶんKさんの吸引のことを一番分かっているのは、奥様のはずです。「取ってくれ」→「分かった」→「ありがとう」のやり取りを、目でずっとしていらっしゃったのですから。

それを一般論で片づけられると、ちょっと悲しくなってしまいます。

けれどそれも、ここは病院だから仕方のないこと。

そして、それから三日後、Kさんは亡くなられました。

退院が無理になった時、「病院では家と同じようなことはできません」と相談員に言われました。「家では病院と同じようなことはできません」はなんとなく分かりますが、本当にそうなんでしょうか?

家では、ご本人の病気を治すことは難しいです。けれど、生活の状態を上げることはできます。呼吸状態を悪くしている原因を改善することはできないかもしれないけれど、一時楽そうな呼吸にすることは可能です。それだけで、ご家族は楽になれますし、ご本人も楽になれます。

ご家族は家での、Kさんのなんとも楽そうな姿を見てしまいました。それは、奥様の言葉では、「うっとりした顔」だったそうです。最期だからこそ、その状態を継続させたかったのだと思います。

そして、たいへんな状態を乗り越えてきたからこそ、家でも大丈夫だと思った。けれど残念ながら、病院関係者には理解してもらえませんでした。

もう一つの「家の力」。それは、新たな関係性から生まれる仲間としての集合力です。ご本人・奥様を囲む、医師・看護師・ヘルパーなどが、同じ方向でサポートすることで生まれる力です。

今回、奥様との間に生じた、思いがけない感覚。それは、同じことを乗り越えてきた、同志のような感覚でした。スタッフとの間でも、なかなかここまでの感覚は味わえないのに、なんだか妙な充実感が残っています。

たぶん、奥様もきっと同じはず……。

生活を重視した、レスパイト（家族の休息）のための施設がやはり必要です。

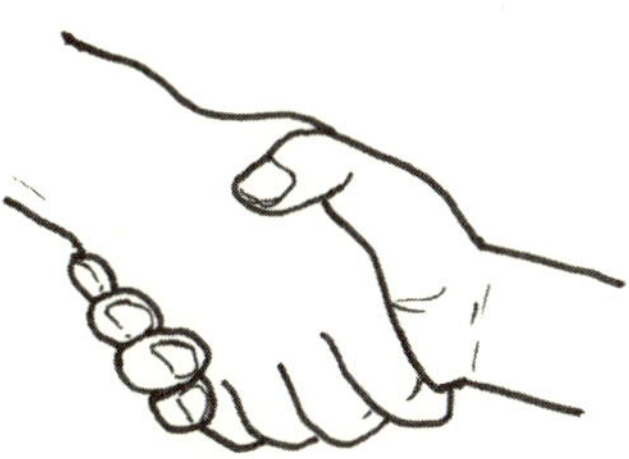

ちょっと休憩

今回、ガンの方にこだわった理由は、これまでに書いたNさん、Tさん、Kさんの三人との出会いが大きいです。この方たちからのメッセージを伝え宿題（？）を果たしたかったのです。

『家』探しは難渋しました。

世の中の冷たさを知ったのもこの時です。それでも、頑張れたのは、この三人の方がいてくれたからです。向こう側に行ったときに、ほめてもらいたくて……。

次に『家』で元気になられた方お二人のケースを紹介します。

諦めなくてよかった

Sさんの話

久しぶりにSさんとお会いしたのは、病院。すべてはそこから始まりました。

Sさんに最初に会ったのは、今から四年前のSさんのご次男の結婚式。会社のスタッフが彼と結婚するということで、私は新婦の上司という形で対面しました。

Sさんは体格の良い、どちらかというと、たくましい感じの方。それが、その時の印象です。

そのSさんに一昨年の五月頃、胃ガンが見つかり、手術するということは聞いていました。ただ、それ以上の話はなく、その後は折に触れての状況報告を受けるだけでした。

そして、確か十一月だったと思います。スタッフ、すなわちSさんの義理の娘さんからSOSがありました。

手術をした病院から、今の病院にリハビリ目的で移ったのに、リハビリがまったく進まない。それどころか、ほとんど寝たきりの状態になってしまったとのこと。「この状態で次の病院を考えなきゃいけない。一度、会ってください」と。

病院で会ったSさんには結婚式の時の面影はまったくなく、六十九歳だというのに、生気のない顔をした、痩せ衰えたお爺さんでした。

「六十九歳、たかが胃ガン。たかが胃全摘で、どうして寝たきりになっちゃうの？　病院がこれを作ったと思う。けれど、家族も家族。息子や娘達は、なにをやってたの？　お母さん一人にすべてを任せちゃ、お母さん、しんど過ぎる」

誤解を恐れずに言うなら、これが私の心の声でした。

次の病院を決めるよう言われているらしく、私は一つ提案をしました。

「この状態で次の病院に行っても、状態が改善されるかは分からないです。せめて、車椅子に座っていることが普通になれば、もう少し状態が上がることを期待できると思いますが。一カ月、『きりんの家』にいらっしゃいませんか？　そうしたら、車椅子に座っていることが普通の生活になるまで、状態を上げられると思います」
家族会議の結果、年の暮れにSさんは、『きりんの家』にいらっしゃいました。車椅子でいらっしゃったSさんは、顔はうつろ。車椅子に座っていることは可能ですが、長時間は無理でした。立ち上がりにも、介助が必要です。おむつを使用し、食事はペースト食です。スプーンはなんとか持てますが、食器を持って自分で食べるということが難しい。「巧緻性《こうちせい》が落ちている」と言えばよいでしょうか。手も足もうまく使えない。悪く言うと、人形と同じです。たった半年で、人間はこうなってしまうのです。

病院の医師は、「術後鬱・術後廃用性症候群」と診断しています。その二つの言葉で家族を納得させ、「これは仕方のないこと」と済ませてしまうのがあまりにも悲しく、そして切なかった。だってそう言われたら、家族はなにも言い返せません。

ところで一カ月と言っているけれど、私に勝算はあったのか？
答えは、「ＹＥＳ」です。

人間は、ある程度まではとっても簡単に変わります。問題はそこからです。でも、その最初のところを、なぜかないがしろにする人が多い。だから、なにも変わらないのです。そんな気がします。

まず、私はなにをしたか？　特別なことはなにもしません。

普通に朝起きて、食事は必ず食卓で。排便は、ポータブルトイレを使う。起き上がり、立ち上がりの基本的な動作パターンを、しっかり習得する。カチコチの硬い体をほぐす。

それに、ちょっとでも心が動くようなことを体験してもらう。たとえば、「気持ちいい」、「楽しい」、「おいしい」などです。

残念ながら病院には、生活がありません。大切なのは、「生活」なのです。午前と午後にリハビリをやっても、それ以外の時間をベッドの上で過ごすのでは、なかなか人間の体は変わりません。

生活を取り戻し、そして作戦を練ります。まずは、一カ月の目標です。

ご本人からの発言は聞かれませんでした。ご家族は、「ポータブルトイレに一人で行けるようになって欲しい」という、かなり高度なことを希望されます。私達は、「軽介助で車椅子に移乗できる。まずはそこかな?」と思っていました。

Sさんは、脳卒中の方のように手足の麻痺があるわけではありません。体(手足)を使わなくなったことによって、すべてが棒のように硬くなってしまいました。その状態では、人間の複雑な動きをするのは難しいので、全身を活性化させる必要があります。

訪問看護によって、毎日体をほぐします。体幹などに関しては、基本的な動作パターンを、ゆっくり行う。手指は、食事や歯磨きで。食事だったら、まずは握りやすい太いスプーン・フォークを使い、持ちやすいお茶碗を選ぶ。トレーから取る、戻すは介助します。

足は、足の裏から。腰掛けている時は、必ず足の裏を床に着ける(特に車椅子の時)。それらを続けることで、体は少しずつ人間らしく変化していきます。

次はその変化に合わせ、それぞれをステップアップしていきます。

たとえば、足の力をどうつけるか。それには、フットケア。これは、『きりん』の造語です。足の裏をしっかり揉みほぐすことです。これを毎日行い、足の裏をしっかり床に着け、立ち上がる時、足の裏に体重を乗せる感覚を取り戻す。そのために、靴を履きます。感覚が戻ったところで靴を卒業し、裸足（あるいは靴下を履いて）によって、バランス力をアップ。そうしながら、歩行の感覚を取り戻すために背の高い歩行器を使い、順に低いものに変えていきます。

そして、最後は伝い歩きです。福祉用具のつかまり棒を借りて、壁側にバーを作ります。反対側には、椅子の背を並べます。安定してきたら片側に杖、そして杖なし歩行へ。一時、『きりんの家』のリビングは、まるでリハビリ室のようでした。

卒業式（退去記念）の日、Sさんはお部屋から食卓までの距離を、一本の杖で歩かれました。

このように、『きりんの家』では基本的な生活を大事にしながら、体にアプローチをしていきます。実は体は、気持ちのいい方向に変わりたいと思っています。後は、タイミング良くするだけです。

Sさんの体も、一瞬にしてこうなったわけではありません。すべては積み重ね。体を動かさなかったことによるとは言いましたが、考えてみてください。この方は、手術までは普通に生活をされていました。フルマラソンにチャレンジするなど、同年齢の方に比べると、体を鍛えていたほうだと思います。それでも、こうなったりするのです。

きっかけは分かりません。ただちょっとしたことから、体を動かそうと思っても動かせず、動かさず、そして動かそうとも思わなくなる。それを加速させるのは、「心」なのです。

病院関係者との関係だったり、家族との関係だったり。あるいは自分自身との関係によって、心に緊張が走ります。掛けられる言葉一つでも、敏感になるものです。痛みなど体の症状からも同様に心が緊張します。そして心の緊張が、体にも影響するのです。

心と体は、本当に仲良しです。だから厄介。けれど、だからこそ簡単とも言えます。体が緩むと、心が緩みます。心が緩むと、体の力が抜けます。体をほぐして、気持ちいいと思った瞬間、体の力が抜けます。専門的に言うと、副交感神経が優位になるのです。

少しずつ、本来の体を取り戻していくと、日常生活も同様に、調子が上がっていきます。

一月の下旬、「次の病院に行かず、ここでリハビリを続けたい」と、Sさんのご家族から期間延長の申し出がありました。もちろん、断る理由はありません。正直言うと、私達も楽しくなって来たところだったのです。

ガンの方のケアもやりがいはありますが、生活再建も、やはり楽しい世界です。ただSさんの場合、脳卒中の方の生活再建とは違います。医療を、どう生活の場に持って来るかも一つの鍵になります。

要は、医者との関わり方です。Sさんは、胃を全摘しています。一回の食事量は少ないので、体力という点が若干不安でした。私達のやろうとしていることを分かった上で、力になってくれる先生が必要でした。

そこで、以前からお世話になっているI先生に、訪問診療を前提でお願いしました。まずは、体力アップのための高カロリー輸液。そして、気になる症状に対する病院受診のための紹介状を書いていただきました。

高カロリー輸液は、入居当初は毎日行っていましたが、徐々に減らしていきました。気になる症状ですが、いらっしゃった頃からパーキンソン病のような症状と、理解不能な言動がたびたびありました。鬱の薬を飲んでいるということもあり、精神科を受診し、その結果、鬱の薬は卒業となりました。

薬を止めた後、気になる症状は少しずつ消え、なによりもお顔が変わってきました。「優しいお顔」と言うのでしょうか?

ただSさん、もともとの性格なのか、共同生活に向かないところが見えてきました。自己中心的とでも言うのでしょうか。

毎日体をほぐしたいからなのか、マッサージを好まれるようになり、ちょっと時間ができると、「マッサージ！　マッサージ！」と叫ぶ。頼みたいことがあると、「すみません！　すみません！」と、誰かが来るまで叫び続ける。

こちらも、「今、無理と言ったのに、なんで分かってくれないの?」と怒っていましたが、それもなぜか徐々に気にならない程度になっていきました。そして、「これが本来のSさんなのだろうな」と思う姿に変わっていきました。

最後の一カ月は自宅に帰ることを前提に、過度に他人に頼ることもなく過ごされ、そして桜咲く頃にご自宅に戻って行かれました。

この一月で、九カ月になります。Sさんは入院する前と、ほぼ同じ暮らしをされています。将棋も再開され、好成績を残されているようです。「入院前とほぼ同じ」と言いましたが、本当に何事もなかったかのように過ごされています。胃ガンの診断と手術の記憶はあるようですが、その後の記憶がまったく残っていないようです。

人間は嫌な記憶を消し去らないと、次に進めないのかもしれません。ご自宅に帰られてから、私は一度もお会いしていません。もしご自宅にお邪魔しても、「あなたはどなたですか?　あ、○○ちゃんの上司の方ですか」と、きっと言われることでしょう。寂しい気もしますが、それも仕方のないことです。

「人間復活プロジェクト」、これにて終了。

すべては病院に会いに行った、その日から始まりました。

あの時のことを次男の方にお聞きしました。「『きりんの家に行こう』と決めた理由は、なんですか？」と。

彼は、こう答えました。「僕達に、選択肢はなにも残っていなかった。『きりんの家』に懸けるしかなかった。良いも、悪いもなく」と。

その日、Sさんの声なき声は、「僕は諦めたくない」でした。たぶん、ご家族も同じだったのではないでしょうか。そして、私達も。

本当に、諦めなくてよかった。

Sさんの将棋の腕前は
趣味の域を超えていたようです
将棋を指す時間が
何よりうれしかったご様子
香車

あなたがいてくれるだけで

Aさんの話

ガンの方が主にお使いになる『きりんの家』ですが、途中から、ガンの方以外のショートステイも受けることになりました。そのきっかけになったのが、八十歳代の女性Aさんです。

法人は誰のためにあるのか。

一番は会員のため。二番は会員の家族・知人のため。次に、地域の方のため。私はそう思っています。そのため、会員の方のご希望にはできるだけ沿うようにしています。

Aさんの娘さんは、会員です。お母様が一人になり、埼玉で一緒に暮らすまでの話をあるところで聴き、あまりに面白く、私のほうから娘さんに会いに行きました。

Aさんは、若干の認知症により生活を営むことが困難になっていらっしゃいました。でも、それ以外は至って元気!! 娘さんと一緒に、あちらこちらを動いていらっしゃいました。

Aさんとの直接的なかかわりが始まったのは、確か娘さんご家族と新潟の温泉に行き、帰宅と同時に蜂窩織炎《ほうかしきえん》（皮膚の深い層から皮下の脂肪組織にかけて細菌が感染し、炎症を起こす病気）になり、その入院先の病院からだったように思います。

その後、足の付け根の骨を折っても術後のリハビリを頑張り、完全復活されました。もともと定期的にショートステイを利用されていることもあり、『きりんの家』ができた翌年の春から、Aさんも来られるようになったのです。

第一回目のショートステイの時のことです。三泊四日の最後の夜は、私が夜勤でした。その日は、ほかに誰もいらっしゃらなかったこともありますが、仕事そっちのけで、二人でゆっくり過ごしました。

夕飯は既にできていたので、一緒に食べたあとテレビを観て、一緒にお風呂タイム（これはあとで、会社のスタッフに注意されました。相手が気を使って、ゆっくり入れないと)。

朝は一緒にラジオ体操をし、洗濯物を畳み、ご飯を作り、食べ、片付ける。一緒に台所の流しに立っている姿を見たスタッフが、「まるで親子みたい」って言っていましたっけ。

認知症の方に関しては、他人だからできることがたくさんあります。

認知症の方の生活のサポート、脳血管障害の方の生活再建。『きりんの家 Ⅱ』は、これに決まり!! そんな予定、まったくないのですが。

元気だったAさんはその後、ご自宅で転び、首の神経を傷つけてしまいました。近くの病院で手術を受け、その後リハビリ目的で転院されたことは知っていました。私達は、リハビリが順調に進み、退院されてまたいらっしゃることを心待ちにしていました。

そんなある日のことです。突然、娘さんから電話がありました。

「助けて!! このままじゃ母が、生ける屍になっちゃう」

私はびっくりして、病院に会いに行きました。ベッドで休んでいるAさんは、私が知っているAさんとはまるで別人でした。あの優しい笑い顔が消え、「心はどこへ行っちゃったの?」というような、生気のない表情をされています。

娘さんいわく、まったくリハビリが進んでいないそうです。理由は、血圧の変動が激しいことと、ご本人が、「もういいです」と断ること。リハビリの目的でここに来て、「進まないの」じゃ、いる意味がありません。娘さんの、「どうしよう」に、私の答えは一つ。

「『きりんの家』に行きましょう」

数日後、Aさんは車椅子で、『きりんの家』にいらっしゃいました。

私達がすることは、いつも同じです。普通の生活をすることだけ。首をやられているので、自律神経の乱れが起こります。血圧の変動が起こりやすい。それを無視するわけじゃなく、分かった上で、どう起きてもらうかです。

Aさんは一カ月近く過ごされて、ご自宅に戻られました。

その時からです。『きりんの家』が真剣に、「ミドルステイ（一、二カ月の滞在）や、中間施設（退院後、自宅に戻るまでのリハビリ施設）としての機能を果たそう」と思い始めたのは。

その後も、Aさんは定期的にご利用くださいます。Aさんがいらっしゃると笑いがあふれ、『きりんの家』がパッと明るくなります。Aさんも、会話がとても楽しいのです。

時々、「ここは、どこですか?」、「ここにいていいんですか?」と、不安そうな顔をされることがあります。それは仕方ないことです。

そんな時の、私の妄想たっぷりの、『きりんの家』の説明に、「それはいいわね」、「そういうところがあると助かるわ」、「私もできることは手伝うからね」と、楽しそうに返してくださいます。「女性同士、頑張りましょうね」みたいな、その返し方がなんとも言えずいいんです。

一つ前の話に出てきたSさんと一緒に入居されてた時、Sさんがいろいろ叫んでいらっしゃる声を聞いて、「あなた、誰か大きな声で叫んでらっしゃるわよ」と。説明をすると、「男性は、みんな寂しがり屋だからね。困ったわね」とおっしゃいました。
本当に、このホッとする空気感はなんなのでしょう。
先日も、「Aさん、お元気ですか?」に、「はい、生きてますよ」との返事。そして
なにより私が作ったご飯を、Aさんはいつも、「おいしい、おいしい」と言ってくださいます。

そう言えば、こんなことがありました。ある晩に女性が亡くなり、その娘さんが一晩泊まられたのです。その娘さんは、Aさんと一緒に朝食を召し上がりました。Aさんは残念ながら頸髄損傷のせいで、手が不自由になってしまわれました。左手は少し動きますので、頑張って召し上がろうとされますが、少しのお手伝いは必要です。

食事が終わり、その娘さんが、「平蔵さん、私がしばらくAさんと一緒にテーブルにいますから、お仕事されていいですよ」と言ってくださったのです。私はお言葉に甘えて、朝の片づけなどをしていました。

時々食卓のほうから、二人の声が聞こえてきます。その声の、なんと心地良いこと

か……テレビを観ながらの会話なのだと思います。内容は分かりません。けれど、会話の声だけで、雰囲気は伝わってきます。

Aさんと日常の普通の会話をしながら、娘さんはお母様と一緒に過ごした時間に浸っていらっしゃったように思います。その娘さんのお母様が亡くなられたことを、Aさんはご存知なかったと思います。それでも、「この娘さんになにかあったのだろうな」ということを感じながら、時をともに過ごす。

『最高のグリーフケア』

『きりんの家』にとって、Aさんの存在そのものが、どれだけありがたいことか。

「きりんの家」のお母さん
Aさんはそんな存在です

おわりに

ことの発端は、いつ潰れてしまうかもしれない、『きりんの家』の生活の様子を形にして残したい。加えて、いつどうなってもおかしくないこの私の、生きた証を残したい……ということでした。

それでご相談させていただいたのが、文芸社の方です。その時点では、本を出すか、出さないかは半々でした。

その日の夜、その話をある方にしました。普段はとても辛口なのに、なぜかその日は、「そこでの生活は、その方達にとっては唯一無二の体験。それを本に書かれるのは、決して嫌じゃないと思うよ」と言われたのです。その一言で、腹を括りました。

もともと、『きりんの家』の通信でいろいろ書いていたので、なんとかなるかと思ったのです。でもそれは安易でした。

言い訳ですが、私、本当に忙しく動いています。日中は本業の仕事があります。もちろん土日も関係なく。そして、『きりんの家』の夜勤も入ってきます。いずこも人手不足なので。

夜勤の暇な日はいいのですが、そうでないと、ずっと働き通しです。そこに、新たに本を出すという作業を詰め込むわけですから、ますます時間がなくなります。

まして今回は、多くの方に読んでもらいたいと思いました。普段の独りよがりの文章ではいけません。原稿を書き、出版社に送り、アドバイスのもと、直しに入ります。

その繰り返しは、思ったほど楽じゃありませんでした。

そこで、ハタと気がつきました。自分が文章の勉強をしていないことに。正直ショックでした。自分の浅はかさ加減とでも言いましょうか。もしかしたら、自分はとんでもないことをしようとしているのではないかと。

ただ、残念ながら私の経験を形に残す方法は、書くことしかありません。そのため出版社に、アドバイザーをお願いしたわけですから。

この時間のない中でやってこられたのは、なぜでしょう?　言い方は変ですが、

『きりんの家』でお過ごしになられた方からのあと押しのような気がします。執筆の途中で私は、不思議な感覚を味わっていました。「書いている時の幸せ感」とでも言えばよいのでしょうか。もっとも、現実逃避だったのかもしれませんが。

今までのことが、次々と思い出されてきます。まるで、昨日のことのように。私の場合、夜だけの付き合いになることが多いのですが、それでもこんなに他人と深くかかわったことがないと思うくらい、一人一人の方とのかかわりが濃密なのです。

全員の方のことを書きたくて仕方ないというか、書かなくてはいけないのじゃないかとさえ思い始めていました。そう思うくらいに、短い方は短いなりに、長い方は長いなりに、見事に人生を生き切っていらっしゃいます。それを、私とスタッフの心の中だけに留めておくのはもったいないな……と思いました。

でも、全員というのは無理な話。今回は、九人の方の暮らしぶりをご紹介させていただきました。これを読まれて、少しでも、『きりんの家』での生活にご興味を持たれたなら、ぜひ足をお運びください。きっと多くの方が人間の凄さを痛烈に感じ、生きることに前向きになられるのではないかと思います。

今日も、『きりんの家』では、「なんだったらTさん、食べられるかな？」と、食事量がガクンと落ちたおじいさんの食事を考えています。一口でもいいから、食べたいものを食べて欲しい。

一緒に悩めるスタッフがいることに感謝します。

ようやく出来上がったこの本。本当に感無量です。

相談に乗ってくださった文芸社の田口さん、ちょっと背中を押してくれたT先生。このお二人のお陰でスタートできました。

思った以上に順調に進んだのは、文芸社の佐々木さんのお陰です。独りよがりの文章を、読みやすい文章に手直ししてくださいました。どの世界においても、プロはやはり違うと思いました。

そしてこの本に、「優しさ」という色を付けてくださった樽見直子さん。この四人のお陰で、なんとか出来上がりました。本当にありがとうございました。樽見さんは急な依頼だったにもかかわらず、ありがとうございます。

『きりんの家』をお使いになられた皆さん。出会えたことに感謝いたします。遠いところから、これからも温かく見守っていてください。『きりんの家』は、まだまだ発展途上。これからも進化していきますので。

そして、私がこうやって好きなことをしていられるのは、仲間がいてくれるお陰です。「訪問」という狭い世界だけでは窮屈なのです。自由に動くことを許してくれる会社のスタッフ。夢物語を実現するために作ったNPOで、勝手に選ばれてしまった理事の皆さん。仕事以外、なにもできない私を、「仕方がない、支えなきゃ」と、会員になってくださった皆さん。

本当に多くの方達のお陰で、私はやりたいことをさせて頂いています。

こんな幸せな人間はいないと思っています。本当にありがとうございます。

最後に、会社のスタッフの白井美幸さん。あなたと言いたいことを言えるから、私は元気で仕事ができるのだと思っています。本当にありがとう。

一番の理解者である、娘の里見、息子の圭祐。あなた達の存在が元気の素です。本当にありがとう。

そして、本が出来上がったら一番喜んでくれただろう亡き父の墓前に、この本を捧げます。

二〇一八年七月

平蔵　見子

著者プロフィール

平蔵 見子（へいぞう ちかこ）

石川県生まれ。
1981 年、看護学校卒業。
1993 年、外山誠氏に師事し、在宅ケアを学ぶ。
2004 年、（有）在宅ケアサービス樹林設立。
居宅介護支援・訪問看護等を始める。
2014 年、NPO 法人きりんのゆめ設立。
2015 年、念願の『きりんの家』スタート。

装画・挿絵／樽見 直子

きりんの家にようこそ 見事に人生を生き切った人々

2019年2月15日 初版第1刷発行

著　者 平蔵 見子
発行者 瓜谷 綱延
発行所 株式会社文芸社
〒160-0022 東京都新宿区新宿1－10－1
電話 03-5369-3060（代表）
03-5369-2299（販売）

印刷所 株式会社フクイン

ISBN978-4-286-20298-3